# GONDICAR

ÉPISODE

## DU TEMPS DES CROISADES

PAR

LOUIS FRIEDEL.

TOURS

ALFRED MAME ET FILS

ÉDITEURS

BIBLIOTHÈQUE DE LA JEUNESSE CHRÉTIENNE

## NOUVELLE COLLECTION

### FORMAT IN-12 — 6ᵉ SÉRIE

CÉCILE, ou Conversion d'une famille protestante, par
M. l'abbé B***, chanoine de Saint-Dié.

FÉLIX, ou la Vengeance du chrétien.

FRÉDÉRIC, ou l'Ermite du mont Atlas, par E. N***.

GONDICAR, épisode du temps des Croisades, par Louis
Friedel.

OTHON LE FAUCONNIER, par Adrien Lemercier.

PETITE MENDIANTE (la), par P. Marcel; suivi de : le
Nid d'aigle, les Petits Bûcherons, le Petit Musicien,
par A. M.

RÉCITS DU BONHOMME LOUIS (les), suivis de cinq Contes
par L. de Tesson.

THÉOBALD, ou l'Enfant charitable, par E. W.

VASE DE PORCELAINE (le), suivi de trois autres Récits
offerts à l'enfance.

VIE DU CHANOINE SCHMID, dédiée à ceux qui aiment ses
contes.

Tours. — Impr. Mame.

# BIBLIOTHÈQUE

## DE LA

# JEUNESSE CHRÉTIENNE

APPROUVÉE

PAR Mgr L'ARCHEVÊQUE DE TOURS

—

5e SÉRIE IN-12

# GONDICAR

## ÉPISODE

## DU TEMPS DES CROISADES

PAR

LOUIS FRIEDEL

TOURS

ALFRED MAME ET FILS, ÉDITEURS

—

1877

# GONDICAR

## CHAPITRE I

### LE DÉFI

Le jour était sur son déclin; les palmiers de la colline et les saules du ruisseau reflétaient les derniers rayons du soleil, lorsque Gondicar descendit dans le jardin qui environnait la maison où il était prisonnier. Il voulait jouir de la fraîcheur du soir et oublier un instant ses douleurs.

Il s'assit sur un tertre au pied d'un palmier, et, appuyé contre l'arbre, tantôt il promenait ses regards sur le magnifique tableau qui se déroulait devant lui, tantôt il les élevait vers le ciel et suivait le mouvement des nuages légers qui planaient dans l'espace.

Ses traits nobles et réguliers portaient l'empreinte d'une douleur profonde mais résignée, et de ses yeux s'échappaient de temps en temps une larme qui tombait sur ses mains croisées comme pour la prière. En passant devant lui, les esclaves qui travaillaient au jardin s'arrêtaient pour le contempler, mais il ne semblait pas les apercevoir, tant il était absorbé dans ses tristes pensées; seulement, lorsqu'un oiseau voltigeait au-dessus de sa tête, il laissait échapper un soupir, et disait : « Heureux oiseau, que n'ai-je aussi des ailes pour retourner auprès de mes frères ! »

Puis il mesurait des yeux la hauteur des murs de sa prison, comme s'il eût voulu les franchir, et il reportait tristement ses regards vers la demeure de celui dont il était le captif. Cette habitation avec ses tours ressemblait plutôt à un château fort qu'à une maison de plaisance.

Tandis que Gondicar s'abandonnait ainsi à sa douleur et à ses regrets, un musulman à la démarche noble et fière s'avançait vers lui par une allée de tamariniers. La couleur verte de son turban annonçait son illustre origine; une robe de pourpre, qui lui descendait jusqu'aux talons, couvrait son corps, déjà un peu courbé par l'âge, et le cordon qui la fixait autour des reins soutenait un poignard dont le fourreau était orné de brillants. Ses traits respiraient une douce majesté : des sourcils noirs et bien arqués ombrageaient ses yeux vifs et perçants, et sa barbe épaisse descendait jusque sur sa poitrine.

« Que la paix soit avec toi, chevalier! dit le Sarrasin en abordant Gondicar.

— Je te remercie, Omar, répondit le chevalier; mais il n'est point de paix pour un prisonnier : la paix n'appartient qu'à celui qui est libre.

— Eh bien! je souhaite qu'Allah (1) te rende la liberté. Tu sais que cela m'est impossible; tu connais mon maître et le tien.

— Tu dis vrai; Saladin (2) est ton maître, mais il n'est plus le mien. Ne sais-tu pas ce qu'il a décidé à mon égard?

— Sa sublime volonté ne m'a pas encore été signifiée; mais console-toi : tu as déjà éprouvé sa générosité. Ne t'a-t-il pas envoyé en effet son propre médecin pour te soigner?

— Oui, je connais sa générosité; mais je connais aussi la haine qu'il porte au nom chrétien. Il se trompe s'il croit me faire abjurer ma foi pour embrasser la sienne, comme cet infâme Robert de Saint-Alban. Je préférerais qu'il abattît ma tête de sa propre main, comme il a abattu celle du grand maître des Templiers, Renaud de Châtillon, après notre malheureuse défaite à Tibériade. Qu'il n'attende pas non plus une forte rançon, car j'ai dis-

(1) C'est le nom que les mahométans donnent à Dieu.
(2) Sultan d'Égypte et de Syrie, qui, après avoir défait les chrétiens auprès du lac de Tibériade (1187), s'empara de Jérusalem. Les chrétiens lui reprirent Saint-Jean-d'Acre, Césarée et Jaffa (1191), ils se disposaient à mettre le siége devant Jérusalem, lorsque Richard I<sup>er</sup>, roi d'Angleterre, fit avec lui une trève de trois ans. Saladin mourut un an après, en 1192.

tribué mes biens aux églises et aux pauvres. Soldat d'un Dieu pauvre et souffrant, et défendant la liberté de mes frères pauvres et persécutés, j'ai voulu être pauvre aussi, afin d'être plus digne de la croix que je porte, et pour laquelle je verserais avec plaisir jusqu'à la dernière goutte de mon sang. »

En disant ces mots, le teint ordinairement pâle du chevalier croisé s'animait des plus vives couleurs, et ses yeux brillaient d'un éclat inaccoutumé.

« Chevalier, reprit Omar, une grande récompense est réservée à celui qui a beaucoup sacrifié.

— Je ne sais si le peu que j'ai fait pour mon Dieu mérite une récompense. Ce ne sera pas du moins dans ce monde que je la recevrai. Je n'y dois plus attendre que la mort, ou, ce qui est bien pis, une captivité perpétuelle. Éloigné de ma patrie et de tout ce que j'y ai laissé de plus cher, je parcourais encore avec plaisir cette terre étrangère, parce que j'étais animé du même espoir que mes compagnons d'armes, celui d'arracher à la domination de Mahomet ce pays arrosé d'un sang divin; mais depuis que je suis ton prisonnier et que j'ai perdu l'espoir de servir encore la cause sacrée pour laquelle j'avais pris les armes, la vie ne me paraît plus qu'un fardeau.

— Je le crois, chevalier, continua Omar, en fixant sur le prisonnier des yeux pleins de pitié. Oui, il doit être bien dur à un guerrier comme toi de se voir réduit à l'inaction, tandis que ses compagnons

versent leur sang pour la cause à laquelle il s'était
dévoué, et qu'il aime par-dessus tout.

-- Hélas! Omar, tu parles d'aimer; mais les musulmans ne savent pas combien est fort l'amour du
chrétien. Non, crois-moi, jamais un musulman
n'aimera comme le chrétien.

— Ainsi, s'écria Omar, les chrétiens prétendent
nous refuser tout; et, après nous avoir contesté la
bravoure, la science, la générosité, vous soutenez
encore que nous ne savons pas aimer! Mais le
musulman n'aime-t-il pas Allah autant que vous
aimez votre Dieu? n'aime-t-il pas Mahomet autant
que vous votre Christ? aime-t-il moins que vous sa
femme, ses enfants, sa patrie?

— Pardon, Omar, tu ne me comprends pas. Vous
aussi, vous aimez, je n'entends pas le nier; mais
vous n'aimez pas comme nous. Notre amour est
divin, parce qu'il prend sa source dans celui d'un
Dieu mourant sur la croix, et dont les dernières
paroles furent une leçon d'amour. Trouvez-moi
dans votre Coran (1) un commandement pareil à
celui que nous a donné notre Sauveur, celui *d'aimer
notre prochain comme nous-même*. Dis-moi lequel
a le plus aimé, de Jésus le Fils de Dieu, qui en
mourant priait pour ses ennemis, ou de votre prophète, qui, après avoir versé le sang de ses proches,

(1) Le *Coran* est le code religieux et civil des mahométans.
C'est un recueil sans choix des fables les plus absurdes des
Juifs et des hérétiques, mêlées de souvenirs de nos livres
saints.

ordonna à ses disciples, chargés d'établir sa doctrine, de ne répondre que par le glaive aux objections des contradicteurs. Nos apôtres, en prêchant l'Évangile, n'avaient d'autres armes que la douceur et la patience contre les fausses religions qu'ils voulaient renverser; et Mahomet, après s'être emparé de la Mecque, ne donna aux vaincus d'autre choix que sa religion ou la mort. Lui-même ne disait-il pas que *chaque prophète avait son caractère; que celui de Jésus-Christ avait été la douceur, et que le sien était la force?* si toutefois on doit entendre par *force* un fanatisme barbare et sanguinaire.

— Chrétien! s'écria Omar, dont les yeux étincelaient de colère, mets un frein à ta langue. Tu viens de laisser échapper des paroles bien téméraires et dont tu pourrais te repentir. Plus prudent que toi, notre prophète nous a défendu de disputer sur sa doctrine avec les chrétiens.

— Je le crois! Il savait trop bien qu'on ne pourrait la soutenir contre les objections d'un esprit éclairé ; voilà pourquoi il n'admet d'autre argument que le glaive. Notre Dieu, au contraire, est un Dieu d'amour et de charité. Ah! si tu savais pourquoi Jésus a voulu mourir sur la croix, supplice jusqu'alors réservé aux malfaiteurs : si tu comprenais ce mystère d'amour d'une part et d'iniquité de l'autre! Prie le Ciel de t'éclairer et de te mener à Jésus-Christ.

— Tais-toi, chrétien, répondit le mahométan,

irrité, tandis que son prisonnier le regardait avec une tendre compassion. Puissent Allah et le prophète n'avoir pas entendu tes blasphèmes, qui ont excédé aujourd'hui ma patience ! »

Le soleil venait de se coucher : Omar, se tournant vers la Mecque, récita le *bismillah* (la prière du soir) et murmura quelques *sourates* du Coran. Le croisé dirigea ses regards du côté de Jérusalem et du Golgotha où avait été répandu le sang du Sauveur, et il pria à voix basse.

Quoique Gondicar s'efforçât de réprimer son agitation, il ne put la cacher à Moïse, qui sortait alors d'un bosquet voisin, et qui, s'arrêtant devant lui, le regardait fixement. Moïse était le premier médecin de Saladin, et ce sultan l'avait envoyé pour guérir Gondicar.

« Gondicar, lui dit le Juif, je t'ai entendu parler avec chaleur; tes joues sont encore rouges et tes yeux brillent plus qu'à l'ordinaire. Ne te fie pas trop à la force de ton âge, tu es encore sous l'influence de la fièvre. Et toi, Omar, ton visage témoigne que tu n'es pas moins agité.

— Je l'avoue, répondit Omar, je n'ai pu me défendre d'un mouvement de colère : Gondicar prétend que nul ne peut aimer comme le chrétien.

— Oui, s'écria le chevalier, je l'ai dit et je le répète, parce que l'amour du chrétien prend sa source dans celui d'un Dieu mourant sur la croix.

— Et, reprit Moïse, si celui que vous regardez comme le Messie ne l'était pas?

— Vois-tu ces tours dans le lointain? répondit vivement Gondicar, ce sont les tours de Jérusalem. Sais-tu ce que Daniel a prophétisé, pourquoi le temple a été réduit en cendres et pourquoi la ville a été occupée par un autre peuple que le peuple juif? Ne sens-tu pas que chaque pierre de ces ruines témoigne pour Jésus contre ceux qui l'ont crucifié? »

Moïse n'osa répliquer; il se couvrit la figure pour cacher sa douleur. Gondicar leva vers le ciel ses yeux, où se reflétait l'amour divin, et ceux d'Omar restaient tournés vers Jérusalem, qui est aussi pour les mahométans une cité sainte.

Après une courte pause, le Juif, voulant terminer une contestation où il ne se sentait pas de force à lutter avec avantage contre un chrétien, reprit le sujet qui avait tant échauffé Omar et le chevalier au moment de son arrivée.

« Il me semble, leur dit-il, que le meilleur moyen de connaître de quel côté est le véritable amour, est de s'en rapporter aux faits. Toi, Omar, cite un exemple en faveur des mahométans; toi, Gondicar, produis-en un en faveur des chrétiens; et, si vous le permettez, je serai le juge du débat. »

Omar et le prisonnier applaudirent à cette proposition; mais comme la nuit s'avançait et que Moïse en craignait la fatale influence pour le chrétien, on convint d'attendre jusqu'au lendemain, et tous les trois se retirèrent dans leurs appartements.

# CHAPITRE II



Le lendemain soir ils se réunirent à l'ombre du palmier, et Omar raconta l'histoire suivante :

« Vous connaissez le nom d'Ebn-Sina, dont toute l'Asie retentit encore. Non-seulement les juifs, ses coreligionnaires, mais encore les chrétiens et les mahométans, assistaient à ses leçons, car il était aussi grand médecin que savant distingué, et il aimait à communiquer la science à tous ceux qui la recherchaient.

« Parmi ses disciples se trouvaient deux jeunes musulmans qu'il se plaisait à citer comme des modèles de la plus tendre amitié. Le premier s'appelait Amru; il était fils d'un riche négociant de Bassora; le second se nommait Ibrahim. Voici comment ils se connurent.

« A l'âge de vingt ans, Amru voulut faire son

pèlerinage à la Mecque; il acheta un chameau, le chargea de vivres, se munit d'argent pour faire des aumônes, et se joignit à une caravane de pèlerins.

« Ne voulant pas être distrait dans ses exercices de dévotion, Amru se tint à l'écart pendant tout le voyage, et se contentait de suivre la caravane. Un jeune homme un peu plus âgé que lui le remarqua, et, touché de sa piété, demanda à se joindre à lui pour réciter leurs prières en commun. Ce jeune homme était Ibrahim.

« Amru, charmé d'avoir trouvé un compagnon animé des mêmes sentiments que lui, accepta sa proposition, et ils achevèrent ensemble leur route, s'édifiant par leurs discours et s'entr'aidant en véritables amis.

« Arrivés à la Mecque, ils firent sept fois le tour de la *Caaba* (la maison de Dieu), et baisèrent la pierre noire qui porte encore l'empreinte du pied d'Abraham. Ils visitèrent ensuite la vallée située entre les montagnes de Safa et de Merwa, et la traversèrent sept fois; ils prièrent sur la pierre noire, et burent de l'eau de la fontaine de Zemzem, qu'Allah fit jaillir de terre pour ranimer les forces d'Ismaël (1). Après avoir passé une nuit en marche dans les plaines de Mouzdélifé, ils jetèrent sept pierres dans la vallée de Mina pour chasser les mauvais esprits, firent leur offrande et se rasèrent la tête. Ils retournèrent ensuite dans leur pays et conti-

(1) Voyez les Saintes Écritures. C'est d'Ismaël que descendent les Arabes, d'où leur est venu aussi le nom d'Ismaélites.

nuèrent de vivre ensemble dans les rapports de l'amitié la plus intime.

« C'est alors qu'Ibrahim commença de suivre avec Amru les leçons d'Ebn-Sina, qui les aimait comme ses enfants; et ils s'aimaient entre eux comme des frères.

« Amru avait hérité de son père une fortune considérable; il la partagea avec Ibrahim, qui était pauvre, et qui, sans les secours de son ami, aurait été obligé de renoncer à l'étude afin de gagner sa vie par quelque travail manuel. Mais Amru lui prodiguait encore de plus nobles secours. Grâce à ses heureuses dispositions et à une application soutenue, Amru avait acquis en quelques années de vastes connaissances; il se faisait un devoir et un plaisir de donner des leçons à Ibrahim et de lui expliquer celles de leur maître. C'est ainsi qu'Ibrahim parvint bientôt à se mettre de niveau avec ses autres condisciples, quoiqu'il fût plus âgé qu'eux et qu'il eût commencé bien tard à suivre les cours d'Ebn-Sina.

« Chaque jour resserra les nœuds de la vertueuse amitié qui unissait les deux condisciples, et enfin on ne les désigna plus que sous le nom des deux amis.

« Vers ce temps, Ebn-Sina reçut du prince de Mosul l'invitation de lui envoyer un médecin choisi parmi ses plus habiles disciples. Cet emploi, aussi honorable qu'avantageux, donnait à celui qui le remplissait l'agrément de vivre avec un prince qui aimait les sciences et les arts, et qui avait enrichi sa résidence de tout ce que le pays et les États voisins offraient de plus curieux.

« Ebn-Sina, flatté de l'invitation du prince et résolu de répondre à sa confiance, fit un premier choix parmi ses élèves, et posa à ceux qu'il avait jugés dignes de concourir sept questions scientifiques très-difficiles à résoudre, et trois énigmes encore plus difficiles à deviner. Il fallait répondre par écrit et dans un délai déterminé.

« La plupart de ceux qui d'abord avaient osé se présenter reculèrent en voyant le programme, aimant mieux renoncer à disputer un prix si difficile à remporter, que de s'exposer à la honte d'une défaite à peu près certaine. Il n'y eut qu'un petit nombre des plus capables ou des plus présomptueux qui persistèrent à concourir, et parmi eux se trouvaient Amru et Ibrahim.

« Mais comme Ebn-Sina avait recommandé le secret à tous les concurrents, chacun des deux amis ignorait si l'autre disputait le prix, et tous les deux travaillaient avec une ardeur infatigable.

« Tout à coup, Amru fut obligé de retourner pour quelque temps dans sa patrie, où l'appelaient des affaires de famille. Son maître lui permit d'emporter le programme des questions, à condition qu'il enverrait les réponses à l'époque fixée, et Amru partit, sans savoir encore si son ami concourait.

« S'il prend part au concours, se disait-il, et qu'Allah me favorise, je pourrai lui céder sinon l'honneur, du moins les avantages de la victoire.

« Après le départ d'Amru, Ibrahim continua son travail. Il croyait déjà avoir répondu assez bien aux sept questions pour contenter son maître; il avait aussi deviné les deux premières énigmes; mais il ne pouvait deviner la troisième, qui était la plus difficile et qui avait découragé tous ses concurrents. Ah! se disait-il, si Amru était ici, et qu'il ne concourût pas, à nous deux nous en viendrions à bout, et mon bonheur serait assuré.

« Cependant le jour fatal approchait. Après avoir terminé heureusement ses affaires, Amru était revenu à l'insu de son ami, et celui-ci travaillait toujours dans l'espoir de trouver seul le sens de la dernière énigme.

« Un soir, Amru reçut un message de l'intendant de ses biens, qui lui annonçait la perte d'une de ses plus belles terres. Ce malheur venait de la fourberie d'un homme auquel il avait accordé trop de confiance. Et cet homme n'était autre que Baruch, le père d'Ibrahim.

« Cette nouvelle fut pour le sensible jeune homme un coup de foudre. Ce qui l'affligeait le plus, ce n'était pas cette perte, toute considérable qu'elle était, c'étaient l'ingratitude et la déloyauté d'un homme à qui il n'avait fait que du bien, ainsi qu'à son fils. Le pauvre Amru avait le cœur navré. Le messager, témoin de sa douleur, lui conseillait de porter plainte contre Baruch, assurant qu'il serait facile de le faire condamner; mais Amru ne put y consentir : car, pensait-il, Baruch serait condamné au dernier supplice, et sa honte retomberait sur toute sa famille, et principalement sur Ibrahim, à l'instant même où celui-ci peut être appelé à remplir le poste éminent qu'offre le prince de Mosul.

« Tenant beaucoup moins à sa fortune qu'à l'amitié et au bonheur d'Ibrahim, il chargea le messager de recommander à l'intendant de cacher le crime de Baruch.

« Je sais, écrivit-il lui-même, que le droit est de mon côté, et qu'il me serait facile de perdre le coupable; mais je désolerais un ami, pour lequel je sacrifierais ma vie. Non, jamais je ne consentirai à détruire les espérances et le repos de mon ami pour recouvrer quelques pouces de terre. Le père est criminel, mais le fils est innocent. Je veux tout immoler à l'amitié. Garde-toi donc de faire aucune poursuite, ne laisse même échapper aucune parole qui puisse révéler la mauvaise action de Baruch : je voudrais l'ignorer moi-même. »

« Une autre considération affligeait encore le généreux Amru. Quoiqu'il eût partagé son héritage avec Ibrahim, comme avec un frère, il employait en aumônes les richesses qui lui restaient, et maintenant qu'il venait de perdre la plus belle moitié de sa fortune, il se voyait obligé de restreindre ses aumônes pour ne pas tomber un jour dans l'indigence.

« Comptant sur l'indépendance que lui assurait sa fortune, il s'était toujours promis de se consacrer entièrement à l'étude de la médecine, et de soigner gratuitement les pauvres. Ce projet faisait tout son bonheur, et maintenant ce projet n'était plus qu'un songe qui ne devait pas se réaliser.

« Amru pouvait encore espérer de devenir le médecin du prince de Mosul, car les élèves n'avaient pas encore remis leurs réponses. La réputation qu'il avait acquise par plusieurs cures brillantes, et la facilité avec laquelle il avait surmonté toutes les difficultés de la science, lui donnaient l'espoir de triompher de ses concurrents; mais il repoussa bientôt cette pensée. L'amitié lui semblait exiger ce nouveau sacrifice.

« Je ne dois pas, se disait-il, préférer mon avantage à celui de mon ami. Après l'avoir conduit aussi loin dans la carrière que nous avons choisie ensemble, je n'irai pas l'en repousser. Non, il ne faut pas que je détruise ce que j'ai commencé, et si je ne puis partager avec lui le prix de la victoire, je préfère le lui abandonner tout entier, et ne garder pour moi que la douce satisfaction d'avoir fait un heureux.

« Amru ne voulut pas attendre au lendemain pour accomplir son dessein généreux. Il se rendit le soir même chez Ibrahim, et le trouva cherchant encore le sens de la dernière énigme.

« Ibrahim, qui ignorait son retour, le reçut comme un aide envoyé du Ciel.

« Eh bien ! lui dit Amru, te présentes-tu décidément au concours?

« — Oui, répondit Ibrahim, et je crois avoir assez bien résolu toutes les difficultés; la troisième énigme est la seule qui m'arrête. »

« Amru avait trouvé le sens de cette énigme; pourtant il ne voulut pas le dire tout de suite à Ibrahim, de peur que celui-ci ne refusât de remporter une palme due aux lumières d'un ami trop généreux.

« Cherchons donc ensemble, reprit Amru; peut-être serons-nous plus heureux en réunissant nos efforts. »

« Amru mit tant d'adresse dans ce travail fait en commun, qu'Ibrahim ne soupçonna pas son généreux stratagème, et que tous deux parurent avoir également participé au succès.

« Au premier instant, Ibrahim éprouva une indicible joie, car il se sentait désormais assuré de la victoire, et il se voyait déjà le premier médecin du roi de Mosul. Amru s'efforça de montrer autant de satisfaction; mais, quoiqu'il fût toujours prêt à préférer le bonheur de son ami à son propre bonheur, il ne pouvait se défendre d'un secret chagrin, en pensant qu'il venait de renoncer à sa dernière ressource. Car lui aussi avait résolu toutes les difficultés, même avant son retour, et c'était lui qui aurait dû obtenir l'emploi de premier médecin du prince de Mosul, puisque sans lui Ibrahim n'eût jamais deviné la dernière énigme.

« Ibrahim en fit lui-même la remarque et déclara ne vouloir plus concourir. Alors il s'éleva entre les deux amis un combat de générosité qui se prolongea longtemps, et auquel Amru parvint à mettre un terme, en protestant qu'il se trouvait heureux dans sa position actuelle, qu'il était résolu à n'en point changer, et que si jamais il tombait dans le besoin, il ne manquerait pas d'aller demander un asile à son ami de Mosul.

« Et alors nous vivrons en frères, s'écria Ibrahim, et tout ce que je possèderai t'appartiendra comme à moi. A cette condition je consens à me présenter au concours. »

« Amru se retira chez lui, et remercia Allah de lui avoir donné la force d'accomplir un si grand et si pénible sacrifice.

« Quelques jours après, Ibrahim parut avec ses rivaux devant son maître. Ses réponses sati-firent en tout point Ebn-Sina, qui ne put s'empêcher de témoigner quelque surprise de l'absence d'Amru, auquel il espérait adjuger le prix. Amru en effet ne s'était pas encore montré dans la ville, et n'avait point envoyé son travail au jour fixé par le maître.

« Ibrahim obtint le triomphe sur tous ses concurrents, et reçut l'ordre de partir immédiatement pour Mosul. Il aurait bien souhaité que son ami l'accompagnât; mais Amru ne voulut pas y consentir, ayant, disait-il, plusieurs malades qu'il ne pouvait quitter. Seulement il promit de profiter de ses premiers loisirs pour aller voir Ibrahim.

« Ibrahim gagna bientôt la confiance du prince de Mosul, et plusieurs cures, jusqu'alors réputées impossibles, lui valurent les éloges les mieux méritées.

« Il épousa la fille unique d'un riche marchand de la ville, et vécut plusieurs années avec elle dans la plus parfaite union; le Ciel leur accorda plusieurs enfants qui donnèrent dès leur jeune âge les plus belles espérances. Il ne lui manquait plus que son ami.

« Amru venait le voir rarement, et ses visites étaient courtes; il lui écrivait plus souvent, mais ses lettres portaient l'empreinte de la mélancolie, et Ibrahim, qui ignorait toujours le crime de son père envers son ami, ne savait trop comment s'expliquer la conduite d'Amru. Plusieurs fois il lui demanda la cause de sa tristesse, mais Amru éludait toutes ses questions, et se bornait à des réponses vagues et insignifiantes.

« Ibrahim était arrivé au comble de la gloire, lorsque Aïscha, la sultane favorite, tomba dangereusement malade. Le prince, au désespoir, manda Ibrahim, et lui ordonna de guérir la sultane.

« Si tu la laisses mourir, dit-il, tu mourras aussi : je le jure par le prophète. »

« Ibrahim employa tous les remèdes et ne ménagea ni veilles ni fatigues pour rendre au prince son épouse; et cependant l'état de la malade empirait de jour en jour. Désespérant enfin de la sauver, il pria le monarque de faire venir son ancien maître Ebn Sina. Le prince y consentit, et envoya aussitôt un courrier chargé de présents magnifiques, pour prier l'illustre médecin de venir en toute hâte essayer sur la sultane les ressources de la science. Mais, malgré toute la diligence possible, Ebn-Sina ne pouvait arriver à Mosul avant huit jours, et en huit jours la malade pouvait mourir.

« Ibrahim reçut alors la visite de son ami, et aussitôt il lui expliqua ses craintes, et le pria de l'aider de ses conseils. Amru obtint la permission de voir Aïscha : il la trouva très-faible, mais non encore dans un état désespéré, comme le croyait Ibrahim. Suivant son ordonnance, Ibrahim prépara de nouveaux remèdes, et Aïscha commença bientôt à reprendre un peu de forces. Déjà le prince et les deux amis se félicitaient de cet heureux changement; mais la sultane mourut subitement.

« Ibrahim vit bien que cette mort était l'œuvre des envieux qui voulaient le perdre : il le dit au roi, mais ce prince, égaré par la douleur et le désespoir, ne voulut rien entendre, et, sans songer à Amru, il fit jeter au fond d'un noir cachot le malheureux Ibrahim.

« Désolé du malheur de son ami, Amru courut se jeter aux pieds du monarque, et s'accusa lui-même d'avoir ordonné le remède à la suite duquel Aïscha était morte. Le prince, au lieu d'être touché de son dévouement, le fit aussi charger de chaînes, et ordonna d'amener Ibrahim, pour les interroger tous deux et connaître le vrai coupable.

« Quand Ibrahim fut venu, le prince, assisté de ses courtisans, questionna les deux amis. Chacun s'accusa pour sauver l'autre; mais, comme Ibrahim avait des ennemis puissants auprès du roi, il fut seul déclaré coupable, et l'on mit Amru en liberté.

« Le malheureux Ibrahim, que les gardes ramenaient à la prison, dit à son ami : « Je te recommande ma femme, mes enfants et mon père. Je meurs résigné à la volonté d'Allah : puisses-tu être plus heureux que moi ! »

« Le sensible Amru tomba évanoui. Aussitôt qu'il eut repris l'usage de ses sens, il courut porter des paroles de consolation à la famille d'Ibrahim, et il dépêcha un courrier à Ebn-Sina pour le supplier de se hâter s'il voulait sauver la vie de son disciple.

« Cependant le jour du supplice approchait, et on ne recevait point de nouvelles d'Ebn-Sina. Amru résolut alors de corrompre les soldats qui gardaient son ami. Il y parvint, et déjà Ibrahim fuyait avec son libérateur, lorsqu'ils furent arrêtés et ramenés à Mosul.

« Le prince, furieux, les condamna tous deux à mourir de faim. On les enferma. Chacun occupait une petite chambre dans le même cachot, où ils n'étaient séparés que par une mince cloison en bois ; et pour prolonger leur supplice on leur donna à chacun du pain et de l'eau pour trois jours.

« Ibrahim, pensant à sa femme et à ses enfants, qu'attendaient la honte et la misère, et à son généreux ami, dont il causait la perte, s'abandonnait au désespoir. Vainement Amru lui parlait à travers la cloison et cherchait à le consoler et à lui communiquer son courage et sa patience : Ibrahim ne pouvait recevoir aucune consolation.

« Mon ami, dit Amru, espérons encore !

« — Qui donc peut nous sauver ? répondit tristement Ibrahim.

« — Ebn-Sina, notre maître.

« — Il arrivera trop tard : nous n'avons de vivres
que pour trois jours.

« — Oui, chacun pour trois jours; un seul en
aurait donc pour six, et en six jours notre maître
sera arrivé. Prends donc ma part, et qu'Ebn-Sina
puisse au moins sauver un de ses disciples. Je suis
seul au monde; toi, tu as un père, une femme et
des enfants qui ont besoin que tu vives. »

« Ibrahim protesta qu'il aimait cent fois mieux
mourir le premier que de conserver sa vie aux dépens
de celle d'Amru; mais à force de remontrances et de
prières Amru parvint à le persuader; puis, brisant
la cloison, il passa à son malheureux ami le pain
et l'eau qu'on lui avait donnés.

« Mourir de faim est peut-être le plus cruel de tous
les supplices, Amru l'endura jusqu'au bout avec une
héroïque fermeté, et quoique Ibrahim le pressât souvent de partager leurs vivres, Amru ne voulut pas
y consentir, et mourut martyr de l'amitié.

« Ebn-Sina arriva enfin le sixième jour. Après
avoir reconnu et démontré au prince que son épouse
n'avait péri que par suite d'une imprudence qu'elle
avait commise dans les premiers moments de sa con-
valescence, en négligeant toutes les prescriptions
d'Ibrahim, il demanda et obtint la permission de rendre les derniers devoirs aux restes de ses élèves.

« On rouvrit les portes de la prison, et à sa grande
surprise Ebn-Sina trouva Ibrahim encore vivant. Ce
dernier lui raconta alors le dévouement de son ami,

et le prince et toute la ville de Mosul admirèrent et pleurèrent le généreux Amru.

« Ce fut seulement après la mort d'Amru, et en visitant ses papiers, qu'Ibrahim apprit la manière dont ce vertueux ami lui avait procuré le prix mis au concours, et l'acte de déloyauté commis par son propre père au préjudice de ce même ami. La douleur qu'il ressentit d'avoir causé la mort d'Amru, pour lequel il aurait dû souffrir plutôt tous les tourments, le fit tomber dans un état de langueur qui le conduisit lui-même au tombeau. Il n'avait survécu que deux ans à son ami.

« Eh bien! dit Omar en achevant son récit, que vous semble de l'amitié d'Amru pour Ibrahim?

— Il est impossible, répondit Moïse, de pousser plus loin l'affection et le dévouement, et je ne crois pas que les chrétiens puissent opposer un exemple plus décisif que celui-là.

— Je conviens, reprit Gondicar, qu'Amru a aimé beaucoup; cependant ce n'est pas encore là l'amour du chrétien.

— Je suis curieux, continua Moïse, d'entendre ce que tu as à nous dire; mais il fait déjà nuit, attendons à demain. »

Ils se séparèrent; Omar alla au-devant de Fatime, son enfant chérie, qui, accompagnée d'un vieux serviteur nommé Muchtali, lui apportait des fleurs qu'elle venait de cueillir. Moïse les suivit, et Gondicar resta encore quelque temps à la même place, plongé dans de profondes réflexions.

# CHAPITRE III



HISTOIRE DE KÉRAMBAR

Le jour suivant à la même heure, Gondicar se trouva le premier au rendez-vous, impatient qu'il était de montrer à ces infidèles ce que c'est que la charité chrétienne. Il portait le manteau blanc où se dessinait la croix qui distinguait les guerriers partis pour conquérir la Terre-Sainte; mais il n'avait point son épée, quoique Saladin la lui eût laissée par respect pour son courage.

Il priait lorsque Moïse et Omar l'abordèrent; ceux-ci s'assirent à ses côtés, et il commença son récit.

« Sur les côtes de la Bretagne, au milieu d'épaisses forêts, s'élevait le château de Kérambar, occupé par le comte du même nom. Ce domaine était si vaste, que le plus agile coursier n'aurait pu en faire le tour en deux journées. Une multitude de guerriers braves et fidèles marchaient sous la bannière de ce seigneur, chéri de ses vassaux, qui le regardaient comme leur père.

« Guiséla, son épouse, douée des qualités les plus précieuses de l'esprit et du cœur, embellissait sa beauté même par sa bienfaisance inépuisable, et par sa douce et profonde piété. Jamais elle ne repoussait les malheureux; elle les cherchait, les consolait et les assistait. Elle visitait la cabane du pauvre plus souvent que la demeure splendide du riche, et donnait aux malades des soins d'autant plus tendres et plus empressés, qu'ils lui paraissaient plus délaissés; et ce qui la faisait agir ainsi, ce n'était ni la vanité ni l'amour de la renommée, c'était l'amour de Dieu et du prochain.

« Elle répétait souvent cette sublime parole du Sauveur : *Que votre main gauche ignore ce que fait votre main droite.* Aussi tâchait-elle toujours de cacher ses bienfaits.

« Souvent, lorsque des fêtes somptueuses réunissaient une nombreuse société dans les immenses salles du château, elle se disait : Hé quoi! toutes ces vanités mondaines me feront-elles oublier les membres souffrants de Jésus-Christ? ne ferai-je rien aujourd'hui pour l'éternité? Serai-je moins bienfaisante que cet empereur païen qui se plaignait d'avoir perdu sa journée quand il n'avait pas été utile à quelqu'un de ses semblables? Alors cette femme généreuse s'arrachait aux splendeurs du siècle, se dépouillait de ses riches atours, se couvrait de vêtements simples et modestes, et, accompagnée d'une fidèle servante, allait dans les ténèbres chercher des infortunés à consoler et à soulager. Loin de contrarier des penchants aussi généreux, le comte s'y associait avec un noble empressement.

« Rien n'eût manqué au bonheur des deux époux, s'ils avaient eu un enfant héritier de leur immense fortune. Huit années s'étaient écoulées depuis leur mariage, et Guiséla n'avait pas encore eu le bonheur d'être mère. Aussi ne pouvait-elle retenir ses larmes quand elle embrassait les enfants des vassaux, qui venaient jouer sur la verte pelouse du château.

« Le comte laissait moins voir ses regrets, mais sa douleur n'en était que plus profonde. Il se promenait souvent dans les longues galeries du château et contemplait les portraits de ses ancêtres, comme si le souvenir du passé eût pu le consoler de l'avenir.

« Pleine de confiance dans le secours de la mère du Sauveur, Guiséla proposa à son époux de faire un pèlerinage à une chapelle célèbre par les faveurs qu'on y obtenait grâce à la puissante intercession de la sainte Vierge. Kérambar y consentit, et ils firent ensemble le voyage, répandant sur toute la route les plus riches aumônes, et se recommandant aux prières de tous ceux auxquels ils faisaient part de leurs richesses.

« En revenant, ils rencontrèrent à quelque distance du château un cavalier que son cheval traînait sur la terre. Le comte se précipita au-devant de l'ani-

mal furieux et parvint à l'arrêter et à dégager le
cavalier, qui avait perdu connaissance.

« Kérambar le fit transporter chez lui, et Guiséla
pansa ses blessures avec toute la tendresse d'une
mère. Ce ne fut qu'à force de soins et après un temps
assez long qu'Arnold, ainsi s'appelait le chevalier,
put sortir de son appartement.

« Le comte et son épouse l'accompagnaient dans
ses promenades et s'efforçaient de le distraire et
de le soulager de toutes les manières possibles;
mais ces bienveillants procédés, au lieu de toucher
le cœur de leur hôte, paraissaient plutôt le contrarier.

« Quatre semaines s'étaient écoulées. Arnold avait
déjà repris assez de force pour continuer sa route;
mais toujours il trouvait quelque nouveau prétexte
pour différer son départ.

« Arnold était partisan déclaré d'Henri Iᵉʳ, roi
d'Angleterre, en guerre avec Louis le Gros; Kérambar, au contraire, restait fidèle au drapeau du souverain légitime, et il dut se faire violence pour ne
pas chasser honteusement ce sujet déloyal.

« Enfin Arnold se décida. La veille du jour fixé
pour son départ, il était assis avec le comte sur
la terrasse du château. De là on découvrait une
vingtaine de bourgs dispersés dans la campagne et
tous appartenant au comte de Kérambar. Cette vue
excita l'envie d'Arnold.

« Vous êtes vraiment heureux, comte de Kérambar, dit-il, vous possédez un riche domaine. »

« Le comte répondit : « Il est vrai que le Seigneur m'a comblé de biens, et je l'en remercie. Bientôt, je l'espère, j'aurai encore à le remercier d'un autre bienfait qui mettra le comble à mes vœux. »

« Arnold ne répliqua point. Il jeta sur ses hôtes un regard affreux, se retira, et ne reparut qu'une heure après, au repas du soir.

« Guiséla avait fait préparer les mets les plus recherchés et servir les meilleurs vins. Arnold, après avoir vidé bien des fois sa coupe, s'adressa au comte, et lui dit : « Allons, chevalier, à la santé de notre roi ! Vive Henri Ier ! »

« Le comte, qui déjà avait levé la coupe, la posa sur la table en fronçant le sourcil, et répondit d'une voix ferme : « Non ! aussi longtemps que vivra notre souverain, je ne boirai pas à la santé d'un vassal rebelle, qui trahit son suzerain légitime ! »

« Arnold, furieux, se lève et tire son épée. Guiséla se jette entre lui et son époux, qui avait aussi tiré la sienne. Mais Arnold la repousse et se jette sur le comte. Celui-ci lui fit sauter l'arme de la main, et, profitant de l'impuissance où le vin l'avait mis, il saisit le chevalier entre ses bras vigoureux et le jeta à la porte.

« Va, lui dit-il, va, chevalier félon, te ranger sous la bannière de ton digne maître ; dis-lui que le seigneur de Kérambar ne reconnaîtra jamais un autre souverain que son prince légitime. »

« Arnold se retira, en blasphémant, et partit avec son écuyer, en chargeant l'intendant d'assurer le comte qu'il reviendrait bientôt lui présenter ses remercîments et ses hommages.

« Heureux d'être débarrassé de lui, le comte lui pardonna cette bravade, et ne songea plus qu'à remercier la sainte Vierge, par l'intercession de laquelle Guiséla devint bientôt mère.

« Cependant les tristes suites de la guerre entre la France et l'Angleterre commençaient à se faire sentir. Le comte fut obligé d'envoyer à son souverain un bon nombre de ses vassaux, au risque de n'avoir plus qu'une garnison insuffisante pour la défense de ses domaines; et bientôt la guerre civile vint ravager aussi ces paisibles contrées. Un grand nombre de seigneurs ambitieux profitant des embarras du roi pour lever l'étendard de la révolte, le comte crut devoir mettre son château à l'abri d'un coup de main en redoublant de vigilance et en appelant à lui tout ce qu'il avait encore de serviteurs fidèles et dévoués.

« Par une nuit orageuse, des cris de guerre réveillèrent le comte. Il se lève à la hâte, court au sommet de la grande tour, et voit le château cerné par des troupes qui s'apprêtaient à l'assiéger. Il encourage ses gens, et ceux-ci parviennent à repousser l'assaut. Mais il se trouvait parmi eux un traître qui ouvrit aux assiégeants une porte secrète, et bientôt les cours intérieures furent envahies.

« Le comte voulut du moins sauver son épouse. Il courait à son appartement, lorsqu'au milieu des ennemis il reconnut Arnold. Ayant réuni quelques guerriers dévoués, il s'avança pour châtier l'infâme qui osait ainsi violer l'asile où naguère il avait trouvé des secours qui lui avaient rendu la vie. Mais les soldats du comte succombèrent dans cette lutte inégale, et lui-même fut repoussé jusqu'à l'entrée d'un souterrain, où l'obscurité le déroba à la poursuite des assaillants.

« Réduit à fuir, il suivit les détours du souterrain et se vit bientôt hors d'atteinte. Il se cacha dans un lieu écarté de la forêt, et attendit un moment propice pour s'échapper et gagner une retraite plus commode et plus sûre. Arnold avait envoyé des soldats à sa recherche.

« Les troupes ennemies s'étant retirées, le comte, après trois jours d'angoisses, sortit de la forêt et alla demander l'hospitalité à ses vassaux. Il fut reçu partout avec amour et respect, mais il ne trouva nulle part des amis assez dévoués pour l'aider à recouvrer par les armes l'héritage de ses ancêtres. Presque toute la noblesse du pays était occupée dans les guerres particulières qui remplissaient ce temps d'anarchie, et Arnold sut profiter de ces troubles pour se faire donner l'investiture du fief dont il venait de dépouiller le comte de Kérambar.

« Celui-ci, toujours errant dans les environs, demandait avec inquiétude des nouvelles de son épouse tombée entre les mains des ennemis. Un jour, un habitant du village où il s'était retiré lui annonça la mort de Guiséla et de son enfant. Arnold avait voulu que le corps de Guiséla fût exposé aux yeux du public, craignant sans doute qu'on ne l'accusât du meurtre de cette femme universellement vénérée.

« A cette affreuse nouvelle, Kérambar, désespéré, jura de venger ses chers morts. Il se rendit auprès du duc de Bretagne, et lui demanda des secours, que ce prince ne put lui donner. Alors le comte parvint à recruter lui-même une petite troupe, avec laquelle il tenta de reprendre son château. Mais il fut battu et réduit encore à chercher son salut dans la fuite.

« Exaspéré par ce nouveau malheur, Kérambar voulut se venger autrement. A quelques lieues du château et au milieu de rochers inaccessibles était une caverne connue de lui seul; d'épaisses broussailles en couvraient l'entrée; il s'y cacha. Un de ses anciens vassaux lui apportait tous les deux ou trois jours un peu de nourriture et les nouvelles qui pouvaient le diriger dans l'exécution de son projet.

« Souvent le comte quittait sa demeure souterraine pour guetter son ennemi, et lui donner la mort. Connaissant tous les sentiers de la forêt, il rôdait le jour comme la nuit, autour du château; et plusieurs fois, sans se montrer lui-même, il se trouva tout près de celui qu'il brûlait d'immoler; mais Dieu veillait sur Kérambar, et retenait sa main au moment où il allait porter le coup homicide.

« Tantôt un frisson glacial le paralysait; tantôt un mouvement d'horreur et de pitié faisait tomber de ses mains l'arc déjà tendu et prêt à lancer le trait meurtrier.

« Le pauvre comte, naturellement si généreux et si bon, ne rêvait plus que haine et vengeance; mais à l'instant de frapper il se rappelait Jésus-Christ mourant sur la croix et pardonnant à ses ennemis. Alors il se prosternait la face contre terre, et, les yeux baignés de larmes, sollicitait pour lui et pour son ennemi la miséricorde céleste.

« Ces émotions contraires et également pénibles abattirent enfin ses forces; et, cédant aux instances du seul ami qui lui fût resté fidèle dans son malheur, il consentit à quitter les lieux qui lui rappelaient de si tristes souvenirs. Suivant la côte de la mer, il se réfugia dans un vieux manoir appartenant à un seigneur du parti de Louis VI. Depuis longtemps ce seigneur s'était retiré au fond de cette paisible solitude, et son grand âge le faisait respecter même des ennemis de la France.

« Ce digne vieillard recueillit le comte dans son château, éloigné de tous les chemins que parcouraient les troupes des deux partis. Peu à peu le courroux et le désespoir de Kérambar s'apaisèrent, et, quoiqu'il ne se sentît pas encore la force de pardonner à son ennemi, il résolut de porter avec patience la croix que le Ciel lui avait envoyée.

« Il reprit ses exercices de dévotion, qui, joints aux pieuses exhortations de son hôte, achevèrent de le calmer, et tous les jours il priait le Ciel de le réunir à sa femme et à son enfant.

« Il vécut ainsi quatre ans, toujours ignoré, et ignorant lui-même les événemrnts qui se passaient alors en France. Rien n'intéressait plus en ce monde ni Kérambar ni ses hôtes.

« Lorsque vint le quatrième anniversaire de la mort de Guiséla et de son fils, le comte voulut revoir les lieux qu'ils avaient tant aimés. Il partit, malgré les remontrances de son vieil ami, qui craignait qu'on ne le reconnût; mais le chagrin l'avait rendu méconnaissable.

« Dans la matinée du triste anniversaire il arriva devant son château et se dirigea vers un bosquet situé entre deux rochers, lequel était autrefois le but ordinaire de ses promenades avec son épouse.

« Assis au pied du même arbre et sur le même banc où Guiséla aimait à se reposer, il oubliait que son ancien domaine appartenait actuellement à son ennemi; et, plongé dans une douce rêverie, il pensait à son bonheur passé, lorsque tout à coup la voix d'Arnold frappa son oreille.

« Arnold suivait un sentier adjacent au bosquet, et appelait un enfant. « Théodebert, Théodebert, criait-il, (c'était aussi le nom du fils du comte!) où es-tu donc? » Et un enfant encore bien jeune, mais d'une beauté angélique, sortit du taillis, apportant un bouquet de fleurs sauvages qu'il venait de cueillir.

« Une pensée terrible bouleversa l'âme de Kérambar : « Je le tiens, se dit-il en grinçant des dents : le voilà à ma portée, loin de tout secours et désarmé. Il faut venger Guiséla et mon enfant. »

« En même temps il bandait son arc, prenait une flèche, ajustait son ennemi, et allait tirer, lorsqu'il aperçoit l'enfant à côté d'Arnold. A cette vue il retient sa flèche, et est près de renoncer à sa vengeance; mais un éclat de rire échappe à Arnold, et c'était le jour de la mort de Guiséla! Une nouvelle fureur saisit Kérambar, et, oubliant les périls de l'enfant, il vise de nouveau, lance sa flèche et prête une oreille attentive.

« Mais aucune plainte, aucun gémissement ne se fait entendre. Il se relève, et voit Arnold continuer tranquillement son chemin suivi de l'enfant.

« Étonné d'avoir manqué son coup, il sort de sa retraite, cherche ce qui a pu arrêter sa flèche, et, ô surprise! il la trouve plantée dans un crucifix que Guiséla avait fait placer sur le rocher, autour duquel tournait le sentier. Sa colère ne lui avait pas permis de viser avec justesse, et le trait avait percé l'image sainte.

« Consterné à cette vue, Kérambar se jette à genoux devant le crucifix et s'écrie : « O mon Dieu, qu'ai-je fait! j'ai voulu immoler mon ennemi, et c'est votre image que j'ai frappée. Vous me commandiez de pardonner, et je vous ai frappé sur cette même croix où vous demandiez grâce pour vos bourreaux! Ah! pardonnez à un insensé, qui ne savait pas non plus ce qu'il faisait! Dieu tout-puissant, c'est au pied de votre croix que, honteux et repentant de mon crime, je vous demande la force et le courage de pardonner, comme je désire que vous me pardonniez à moi-même. Ayez pitié de moi ! ayez aussi pitié de lui !

« Épouse chérie, qui jouis déjà, dans le sein de Dieu, de la récompense réservée aux justes, ce sont tes prières, je n'en doute pas, qui ont fait échouer mon coupable projet. Supplie maintenant le Seigneur de me défendre contre de pareilles tentations ! »

« Les larmes que versait le comte attestaient la sincérité de son repentir. Enfin il se leva, le cœur soulagé ; et, après avoir retiré sa flèche de l'image du Christ, il reprit le chemin du manoir de son ami.

« Pour se rappeler sans cesse la bonté divine, qui venait de lui épargner un si grand crime, Kérambar plaça la fatale flèche au-dessous de la croix devant laquelle il avait coutume de faire sa prière. Là il renouvelait tous les jours le vœu de pardonner à son ennemi, et demandait au Ciel la force de ne jamais violer ce serment.

« Grand Dieu ! s'écriait-il alors, quelle était ma folie quand je manquais à votre loi ! Mon cœur souffrait le trouble ; les remords me suivaient partout. Un cœur séparé de vous peut-il jamais goûter la paix ? Mais votre bonté est venue à mon secours ; j'ai surmonté ma haine, j'ai pardonné à mon ennemi. A la vue de votre croix, quelle haine ne serait pas désarmée ! que votre sang précieux me

lave de mon crime; faites, Seigneur, qu'à ce sang
divin je mêle les larmes d'une sincère pénitence!
J'ai attaché à votre croix cette flèche qui fut l'in-
strument de mon péché; faites que j'y dépose de
même et pour toujours les mauvaises passions qui
ont régné trop longtemps dans mon cœur. »

« Dieu, touché de son repentir, lui rendit la paix
et l'espérance; lorsqu'un ministre des autels lui eut
donné l'absolution, il résolut de passer le reste de
ses jours dans la pénitence et la pratique des bonnes
œuvres. Il entra dans un couvent et reçut les saints
ordres.

« En revenant un soir de porter quelques secours
à des infortunés, il fut surpris par un violent orage
qui fit déborder les ruisseaux et gonfler les torrents.

« Il s'arrêta sous un rocher. Bientôt il vit un cavalier, tenant devant lui un enfant, se préparer à
franchir un de ces torrents, à l'endroit le plus dan-
gereux. Il reconnut Lambert, son ancien intendant,
ce traître qui avait ouvert à l'ennemi les portes du
château. Il reconnut aussi l'enfant : c'était Théodebert, le fils d'Arnold.

« Arrêtez! arrêtez! s'écria Kérambar, tournez à
droite et regagnez la rive, ou vous êtes perdus! »

« Lambert veut suivre ce conseil; mais le cheval
fait un faux pas et est entraîné avec son cavalier et
l'enfant dans le gouffre qui se referme sur eux.

« Le pieux Kérambar se recommande à Dieu et
s'élance dans le torrent. Après des efforts inouïs il
parvient à saisir l'enfant et à le ramener sur le

rivage. Il veut aussi sauver Lambert; mais il voit le
malheureux, emporté déjà trop loin, se débattre
encore et disparaître enfin sous les flots.

« Le petit Théodebert avait perdu connaissance;
Kérambar lui fit avaler quelques gouttes d'un élixir
qu'il portait toujours sur lui, pour le soulagement
des malades qu'il visitait. Peu après il l'entendit
respirer et le vit lever vers lui un regard de surprise
et de reconnaissance. L'orage avait cessé, il en-
veloppa l'enfant dans son manteau et regagna le
couvent.

« Théodebert ne tarda pas à s'endormir; il rêvait
qu'il était encore au milieu du torrent; et, tendant
ses petites mains vers Kérambar, il l'appelait à son
secours.

« Kérambar reconnut bientôt les effets de la fièvre,
et, quoique Théodebert fût le fils de son plus cruel
ennemi, il eut une vive inquiétude. L'enfant passa
quinze jours entre la vie et la mort; pendant tout ce
temps le pieux Kérambar ne le quitta pas un instant
et le soigna comme son propre fils. Dieu daigna
récompenser sa charité en rendant la santé à
Théodebert.

« Kérambar le conduisit lui-même à un chevalier
nommé Godefroy, son ancien compagnon d'armes,
afin que celui-ci voulût bien ramener l'enfant à
son père.

« Godefroy fut bien surpris de voir son ami, dont
il connaissait tous les malheurs et qu'il croyait
mort depuis longtemps; mais il ne s'attendait pas

à recevoir avec lui le fils de ce même Arnold, universellement détesté à cause de sa violence et de ses vices. Touché néanmoins de la générosité de Kérambar envers son ennemi, il céda aux instances du comte, et promit de rendre à Arnold le fils qu'il devait pleurer. Puis les guerres auxquelles Godefroy était mêlé prirent une recrudescence nouvelle, en sorte que Kérambar n'entendait plus parler du chevalier.

« Cependant Kérambar priait tous les jours pour ses ennemis, et principalement pour Arnold, qui en avait plus besoin, car depuis qu'il occupait le château de Kérambar il se livrait à toutes sortes d'excès. Mais, pensait le pieux et charitable comte, ce n'est point assez de prier pour lui; Jésus-Christ ne s'est pas contenté de prier pour ses ennemis, il leur a tout à la fois accordé leur pardon, sa grâce et son amour. Voilà le modèle que doit suivre un vrai chrétien. Il faut donc que j'entreprenne de convertir Arnold, afin de sauver son âme. Peut-être s'est-il adouci en recevant son fils des mains de Godefroy, un de ses adversaires. O mon Dieu, faites-moi la grâce de réussir dans cette œuvre difficile.

« Après avoir communiqué son pieux dessein au supérieur du couvent, Kérambar se mit en route à la fin des moissons, et au bout de quelques jours d'une marche fatigante il arriva au bas de la colline que dominait son ancien domaine. A cette vue il ne put se défendre d'une émotion pénible, mais que la charité calma aussitôt.

« En montant la colline, il aperçut Arnold assis au bord d'un ruisseau et s'amusant à pêcher. Le chevalier venait de prendre un poisson, lorsqu'il vit devant lui Kérambar, enveloppé de sa longue robe de bure et le visage presque entièrement caché dans son large capuchon.

« Kérambar s'approcha humblement du chevalier et lui demanda une aumône. Arnold lui jeta avec dédain le poisson qu'il avait pris, et continua sa pêche. « Chevalier, dit Kérambar en ramassant le poisson, je vous remercie ; mais un bienfait en vaut un autre, et vous me permettrez de vous parler de mon Dieu et du vôtre, afin que vous méritiez sa grâce, que je n'ai cessé de solliciter pour vous. »

« Arnold l'interrompit, et, se levant avec fureur, le frappa de sa canne : « Voilà, lui dit-il, pour ton exorde ; garde pour toi ton sermon, ou je te donne plus de coups que tu ne prononceras de paroles. Va-t'en, et ne reviens plus. »

« Kérambar, animé du feu de la charité, voulait insister encore, mais le chevalier lui fit voir un chien énorme qui s'approchait en montrant les dents : et Kérambar se retira pour épargner un nouveau péché à l'ennemi qu'il plaignait de toute son âme.

« Il alla se prosterner au pied de la même croix qui avait arrêté la flèche dont il avait voulu percer Arnold, et là il pria encore avec larmes pour le salut de son ennemi.

« Le lendemain, il essaya de pénétrer dans le château, espérant mieux réussir cette fois ; mais la

garde du pont avait ordre de ne laisser entrer aucun
moine. Alors il recommanda à la pitié du Ciel celui
qui en était si peu digne, et reprit tristement le
chemin du monastère.

« A quelque temps de là, quelle fut la surprise
de Kérambar en revoyant Théodebert que lui ra-
menait un écuyer! Godefroy, au milieu de cette vie
de combats qui n'avait pas de relâche, n'avait pu
remplir sa mission, et il venait d'être tué.

« Kérambar prit aussitôt ses dispositions pour
conduire lui-même Théodebert à Arnold.

« Cependant de nouveaux troubles avaient agité
la France; les grands feudataires du royaume, ex-
cités par Thibaut, comte de Champagne, avaient
marché contre leur souverain. Mais ils furent promptement défaits, et leurs troupes dispersées erraient
de toutes parts dans les campagnes.

« Comme le couvent de Kérambar était près de la
grande route, plusieurs de ceux qui ne pouvaient
suivre leurs bannières y vinrent demander l'hospitalité. Dans ce nombre se trouva un chevalier au
visage pâle et sombre, aux mouvements saccadés,
au langage brusque et bref. Il paraissait souffrant.

« On le reçut avec distinction, car, quoiqu'il n'eût
point de suite et qu'il refusât de se nommer, son
costume brillant annonçait assez qu'il appartenait
à une haute noblesse. Le lendemain il voulut partir, mais, en s'efforçant de monter à cheval, il
tomba dans une telle faiblesse, qu'il fallut le rapporter sur le lit qu'il venait de quitter.

« Comme son état empirait sans cesse, l'abbé du couvent crut devoir lui parler de son salut, et le préparer à paraître devant un Dieu qu'il avait peut-être oublié. D'abord le chevalier ne répondit rien, puis il demanda qu'on le laissât en repos.

« Le lendemain cependant, l'abbé lui envoya Kérambar. Le comte eut à peine regardé le malade qu'il reconnut Arnold dans cet étranger.

« Eh bien ! lui cria celui-ci d'une voix tremblante de rage, vous ne voulez donc pas me laisser mourir tranquille ! Vos sermons et vos prières m'empêche-ront-ils de subir ma destinée ?

« — Chevalier, répondit Kérambar d'un ton grave mais affable, je viens vous apporter la santé et la vie. Vous serez sauvé si vous vous réconciliez avec votre Dieu et si vous faites pénitence.

« — Je vous comprends, reprit le mourant avec un rire sardonique, vous voulez me confesser. Eh bien ! des dix commandements de Dieu, il n'en est aucun que je n'aie violé au moins mille fois. Cette confes-sion doit suffire et vous épargner à vous la peine de me questionner, et à moi l'ennui de vous entendre.

« — Pourtant, reprit Kérambar en rejetant son capuchon en arrière, je me permettrai une question : me reconnaissez-vous, Arnold ? »

« Arnold le regardait fixement, et ses yeux expri-maient le doute et une sorte d'effroi.

« Je suis le comte de Kérambar, reprit le moine.

« — Kérambar !... s'écria le chevalier en se ca-chant la tête dans les draps de son lit.

« — Ne craignez point, je vous ai tout pardonné, comme je désire que le Ciel me pardonne, et je viens vous demander votre amitié. »

« Arnold le considéra de nouveau, et tout étonné de lui voir de pareils sentiments : « Kérambar, dit-il enfin, dois-je vous croire? Est-il possible que vous m'ayez pardonné?

« — J'en prends Dieu à témoin, répondit Kérambar en levant la main et les yeux vers le ciel; je vous ai sincèrement pardonné. »

« Après un moment de silence, Arnold s'écria : « Si j'ai trouvé de la pitié dans un homme que j'ai tant outragé, j'en trouverai sans doute aussi dans mon Dieu. Puis-je l'espérer, Kérambar? »

« Alors le comte lui présenta l'image du Sauveur crucifié. « Oui, dit-il d'une voix solennelle, vous pouvez l'espérer d'un Dieu qui a souffert et est mort pour vous; sa miséricorde ne connaît point de bornes, son amour est inépuisable. C'est en parlant de lui que le prophète a dit : *Quand même nos péchés nous auraient rendus aussi rouges que la pourpre, il peut encore nous rendre aussi blancs que la neige.*

« — Mes péchés sont bien grands et bien nombreux; je les multipliais à plaisir.

« — Eussiez-vous outragé Dieu à tous les instants de votre vie, si vous revenez à lui avec un repentir sincère et une ferme résolution de ne plus l'offenser, il vous sauvera de la mort éternelle, comme il a sauvé votre fils de la mort temporelle.

« — Mon fils! s'écria Arnold avec surprise.

« — Oui! répliqua Kérambar, et ses yeux brillaient de la joie la plus pure; oui, votre fils est vivant, et vous aurez bientôt le bonheur de le voir. »

« Sans lui laisser le temps de répondre, Kérambar courut chercher Théodebert, qu'il prépara à la joie de retrouver son père.

« Je vous amène votre fils, dit Kérambar d'une voix émue en entrant chez Arnold, et lui présentant Théodebert. Je l'ai retiré des flots où il allait périr avec votre intendant, et Dieu sait qu'il n'a pas dépendu de moi de vous le rendre plus tôt. »

« Théodebert s'agenouilla devant le malade et prit sa main, qu'il baisa respectueusement. Arnold le considéra avec la plus vive émotion, et de profonds soupirs s'échappaient de sa poitrine.

« Dieu de justice et de miséricorde, s'écria-t-il enfin, que les voies de votre providence sont admirables!... Kérambar, vous avez cru sauver le fils de votre ennemi mortel. Jamais on n'a poussé plus loin l'amour du prochain. Dieu seul peut vous récompenser dignement, et déjà sa bonté vous a préparé dans ce monde une joie bien douce : cet enfant que vous sauviez, c'était votre propre fils. Moi, je n'en ai jamais eu. Regardez bien Théodebert, vous lui trouverez les traits de la vertueuse Guiséla.

« — Grand Dieu!... » s'écria Kérambar, et son émotion ne lui permit pas d'en dire davantage; mais il pressait Théodebert contre son sein, et des larmes de joie inondaient son visage.

« Arnold contemplait cette scène avec attendrissement, et ses yeux, arides depuis que l'habitude du crime avait endurci son cœur, se mouillèrent de douces larmes.

« Enfin Arnold raconta à Kérambar ce qui était arrivé à Guiséa et à son fils après la prise du château, et comment Théodebert avait échappé à la mort. « Je pris soin de cet enfant, dit-il, non par générosité, hélas! cette vertu m'était inconnue, mais afin d'avoir un otage qui assurât ma tranquillité. Ainsi, mon cher Kérambar, lorsque vous pensiez élever mon fils, vous éleviez le vôtre; et lorsque vous vouliez le rendre à son père, c'est à vous-même qu'il est rendu. »

« Kérambar dit aussi à Arnold l'histoire de sa vie depuis le commencement de ses malheurs; il 'réait en rappelant le jour où, aveuglé par le démon de la vengeance, il avait été sur le point de frapper son propre fils, en voulant frapper son ennemi.

« Arnold, qui n'avait point reconnu Kérambar lorsque celui-ci vint le trouver au bord du ruisseau et fut si indignement maltraité par lui, avoua que depuis cette époque il avait commencé à sentir de plus vifs remords; mais que pour les étouffer il s'était abandonné plus que jamais aux penchants déréglés de son cœur.

« Le soir du même jour, Arnold pria Kérambar de vouloir bien recevoir la confession de ses péchés. Le repentir qu'il témoignait, joint à une crise qui se déclara en même temps, ne permit pas à Kérambar de différer l'absolution; et à peine les paroles de salut furent-elles prononcées, que le chevalier perdit connaissance.

« La crise cependant fut de courte durée. Arnold reprit insensiblement ses forces, grâce aux soins que lui prodiguèrent Kérambar et tous les religieux du couvent. Lorsqu'il fut entièrement rétabli, il demanda et obtint de l'abbé la permission de finir ses jours au couvent, auprès de son ami, dont il ne pouvait plus se séparer.

« Kérambar mourut avant lui, et ce fut Arnold qui lui ferma les yeux.

« Théodebert avait pris possession du château de son père. Il marcha sur ses traces et se montra digne de ses vertus. Son manoir existe encore; sa famille est l'une des plus nobles du pays, et moi qui vous parle, Omar, je suis son petit-fils. »

# CHAPITRE IV

## LA CROIX

En achevant son récit, Gondicar se tourna vers Moïse : « Eh bien ! lui dit-il, lequel des deux vous semble avoir aimé le plus, d'Amru le musulman, ou de Kérambar le chrétien ?

— C'est Kérambar, répondit le Juif.

— Oui, Kérambar, répéta Omar, un peu confus de l'avantage du christianisme. Mais, ajouta-t-il, un amour aussi fort surpasse les forces du cœur humain.

— J'en conviens, reprit Gondicar; aussi Kérambar a-t-il avoué bien des fois qu'il ne puisait sa force que dans l'exemple de son Sauveur, et que sans la grâce divine il n'aurait écouté que sa douleur et son ressentiment. Jésus-Christ ne se borne pas à demander que nous suivions ses traces en imitant sa charité, en tendant la joue gauche à celui qui nous aurait frappé sur la droite; il nous offre encore sa grâce et son amour, et avec ces divins appuis l'homme participe en quelque sorte à la puissance divine.

« Vous admirez l'amour d'Amru : il faut avouer en effet qu'il est rare de trouver un amour aussi constant, aussi fort; mais cet amour, sur qui se portait-il? sur un ami. Et si Amru a pardonné au père d'Ibrahim, ce n'était encore qu'en considération de son ami. Kérambar, au contraire, n'a point d'ami; il ne trouve que haine dans le cœur d'Arnold et qu'indifférence chez ceux qu'il avait autrefois comblés de bienfaits.

« L'amour qui unit deux cœurs a ses consolations; et quand il est désintéressé, le malheur, au lieu de l'affaiblir, ne fait que le fortifier. Amru aimait Ibrahim; il pouvait sacrifier pour lui sa fortune et sa vie, et se consoler dans les derniers moments de sa lente agonie par la pensée qu'il laissait derrière lui toute une famille qui bénirait sa mémoire, et que le monde admirerait son courage et son dévouement.

« Il n'en est pas ainsi de Kérambar. Il aime, non un ami qu'il sait devoir répondre à son amour, mais un homme injuste et cruel, qui le poursuit de sa haine, lui enlève tout ce qu'il possède, lui ravit sa femme et son enfant, et anéantit ses plus chères espérances. Il lui pardonne, il l'aime, il le plaint. Il s'efforce de le ramener à la vertu, non pour rentrer lui-même dans la possession de ses biens, mais pour satisfaire à la loi de Dieu, qui est une loi d'amour; et, par un libre consentement à la grâce divine, il aime cet homme, pour l'amour de Dieu, d'un amour qui est au-dessus de l'homme. »

Omar se tut; il croisa les bras, baissa les yeux et parut plongé dans une profonde méditation.

« Et tu dis, Gondicar, reprit Moïse après une courte pause, que vous puisez cet amour dans votre foi? »

Mais, semblable au gouverneur inique qui avait demandé au Sauveur ce qu'était la vérité, il n'attendit pas la réponse et s'éloigna rapidement. Omar le suivit.

« Tu as vaincu, dit le musulman à Gondicar en se retournant; mais seulement pour cette fois.

— Pour toujours, répondit le croisé; oui, partout et dans tous les temps l'amour du chrétien l'a emporté et l'emportera sur celui de l'infidèle. »

Lorsque Omar et le Juif se furent retirés, Fatime, la fille unique et bien-aimée d'Omar, se présenta aux yeux du chevalier chrétien, un peu surpris de cette rencontre. Fatime, cachée dans un bosquet voisin, avait entendu toute l'histoire de Kérambar, et ce récit avait fait sur son âme encore tendre la plus vive impression.

« Gondicar, dit-elle en s'approchant du prisonnier, tous les chrétiens doivent-ils aimer ainsi leurs ennemis?

— Oui, tous; c'est pour nous un devoir sacré.

— Et aussi bien pénible. Mais tu disais tout à l'heure que vous puisiez cet amour dans celui de votre Dieu?

— C'est dans la croix de notre Sauveur, dans sa grâce, que nous trouvons le courage et la force d'aimer comme lui.

— La croix? j'en vois bien une sur tes vêtements : mais je n'en ai pas encore vu qui portât l'image de ton Dieu. »

Gondicar détacha un petit crucifix qu'il portait toujours sous ses vêtements et l'offrit à la jeune fille. Fatime tendit bien sa main pour le recevoir, mais elle la retira aussitôt, et demanda d'un air inquiet si cette image n'était point enchantée, si elle ne faisait aucun mal.

« Prends-la sans crainte, Fatime, dit Gondicar; prends, elle te portera bonheur. »

Fatime prit le crucifix; et, après l'avoir considéré attentivement à la clarté de la lune, qui s'élevait sur l'horizon :

« C'est donc là, dit-elle, l'image de celui que vous adorez comme votre Dieu?

— Oui, Fatime; c'est la représentation de Jésus, le Fils du Très-Haut, qui s'est fait homme pour nous, et qui, pour nous sauver d'une mort éternelle, en nous réconciliant avec son Père, a voulu mourir sur la croix.

— Le Fils de Dieu mort sur une croix? voilà ce que je ne puis comprendre.

— Je te l'expliquerai une autre fois, répondit

Gondicar, qui voyait venir le vieux Muchtali; en attendant, garde cette croix et adresse tes prières à Jésus; car c'est pour toi aussi qu'il est mort. Prie-le d'éclairer ton esprit et de toucher ton cœur. »

Fatime cacha la croix, et suivit à regret le serviteur, qui, jetant sur le chevalier un regard de colère, la ramena dans ses appartements.

# CHAPITRE V



Gondicar ne put de toute la nuit goûter un instant de repos : son cœur était trop plein et trop agité. Assis à la fenêtre de la petite chambre que lui avait donnée Omar, et respirant les doux parfums que lui apportait la brise du soir, il tournait ses regards vers Jérusalem ; il priait pour le succès des armes chrétiennes et se consolait ainsi de l'impossibilité où il était de verser son sang pour la défense de la foi. Il demandait aussi la fin de sa captivité, qui lui paraissait plus pénible que la mort même.

Ses regards tombèrent sur une maison écartée où demeurait Moïse, et dans laquelle brillait encore une lumière. Il vit une figure noire se glisser derrière la haie qui environnait la maison, et son

œil perçant reconnut aussitôt Muchtali. La connaissance qu'il avait du caractère sournois et rancu-
neux de ce Mauro, qu'à tort ou à raison le médecin
de Saladin avait tant de fois accusé devant son
maître, ne lui permit pas de douter un instant des
mauvaises intentions de l'esclave, et il résolut de
les déjouer. Enveloppé de son manteau et portant
son épée sous le bras, il descendit dans le jardin
et se dirigea vers la demeure de Moïse.

Moïse veillait encore : les discours du chevalier
occupaient toutes ses pensées, et réveillaient tous
ses doutes sur la doctrine des rabbins. Pour les
dissiper, il repassait dans sa mémoire tout ce qu'il
avait entendu dire pour et contre le christianisme.
Il ouvrit les saintes Écritures, et, comparant entre
eux et avec l'histoire des Juifs les divers passages
qui avaient rapport au Messie, il cherchait à fixer
ses convictions. Mais plus il faisait d'efforts, plus
ses idées s'embrouillaient; et quand il croyait avoir
trouvé la lumière, il était replongé dans des ténèbres plus épaisses, dans une plus désolante in-
certitude.

« Seigneur, s'écria t-il, vous avez donné un signe
à Achaz, qu'il me soit permis de vous en demander
un pour dissiper mes doutes et assurer ma foi. Si
vous avez déjà envoyé le Messie, montrez-le à mes
yeux, afin que je croie en lui, et que je sois
sauvé! »

Il leva ensuite les yeux comme pour être témoin
du prodige que demandait son orgueil; mais ni le

ciel ni la terre ne bougèrent; l'air restait calme, et Moïse n'entendit d'autre bruit que celui d'une cascade voisine de sa demeure, et ne vit d'autre forme que celle d'une momie qui lui servait pour l'étude de la médecine, et dont la figure hideuse était à demi éclairée par la lumière vacillante de la petite lampe au milieu de l'appartement.

Trompé dans son espérance, Moïse résolut follement de recourir à un autre moyen, qu'il n'avait jamais employé, mais dont il crut pouvoir se servir alors dans l'intérêt de la vérité, quoiqu'il n'y ajoutât pas une foi sincère.

« Oui, se dit-il, je vais m'adresser aux anges de ténèbres. Je ne les ai jamais évoqués; mais aujourd'hui et pour cette fois seulement je veux les appeler à mon aide. Il faut qu'ils me disent si le Messie a déjà paru; il faut qu'ils dissipent mes doutes, dussé-je être la victime de ma témérité. Le Seigneur, en considération de la pureté de mes intentions, me pardonnera d'avoir eu recours aux anges de Satan et de les avoir forcés à me dire la vérité. »

Et Moïse ouvrit des livres cabalistiques; mais sa main trembla et un frisson glacial qui parcourut ses membres l'empêcha pendant quelque temps de continuer.

Il allume un feu mystérieux auquel fait place une colonne de fumée, et allait prononcer des paroles d'évocation, lorsque soudain, au milieu de ces tourbillons de fumée, il aperçoit une figure noire dont les yeux flamboyants le regardent fixement. Terrifié, il reste immobile à sa place. Bientôt il se sent étreint entre des bras vigoureux, et il est renversé.

Mais à l'instant même où le Juif se croit perdu, une autre figure blanche se dessine dans la fumée, s'élance sur le spectre noir, et, l'ayant saisi, l'enlève et le jette de côté.

Pendant que le spectre noir pousse d'affreux hurlements, le brasier qui avait été renversé dans le conflit met le feu aux tentures, et les flammes envahissent toute la chambre. Moïse se sent emporté doucement; mais à peine est-il arrivé hors de la maison, qu'il perd connaissance et tombe sans force sur le gazon.

Comme nous l'avons dit plus haut, Gondicar avait suivi Muchtali jusque dans l'appartement de Moïse, qui, en apercevant le Maure, avait cru voir un fantôme. Le chevalier était arrivé à temps pour sauver le Juif, que Muchtali voulait etrangler. Il alla ensuite appeler Omar qui accourut avec plusieurs esclaves.

On eut beaucoup de peine à rappeler Moïse à la vie, tant la peur avait agi sur son esprit, affaibli déjà par l'exaltation même qui avait précede. Incapable d'entendre et de parler, il contemplait d'un œil hagard les flammes qui dévoraient ses trésors, et qu'on n'avait pu éteindre. Omar et Gondicar lui adressèrent plusieurs fois la parole; il répondit à la fin, mais par des mots incohérents et dépourvus de sens. On l'emporta dans la demeure d'Omar, on le déposa sur un lit, et on lui administra tous les secours propres à lui rendre la raison.

Gondicar apprit à Omar tout ce qui s'était passé, et Muchtali fut appelé; mais il nia effrontément le crime qu'on lui imputait, et par ses paroles artificieuses il sut persuader à Omar qu'il était entièrement étranger à ce mystérieux événement. Le chevalier invoqua le témoignage de Moïse, mais on n'en put tirer aucune parole.

Quelque temps après, Moïse avait disparu, et, malgré les recherches que fit faire Omar, il fut impossible de le retrouver. Tous ses malades le regrettèrent, car il était aussi compatissant qu'instruit et zélé; ses manières douces lui avaient mérité l'affection d'Omar, et Gondicar aimait à s'entretenir avec lui, parce qu'il lui avait trouvé ce désir de connaître la vérité qui est l'avant-coureur ordinaire de la conversion à la foi.

# CHAPITRE VI

## LA FUITE

Cependant les croisés, luttant contre toutes les forces réunies de l'islamisme, s'étaient emparés de Ptolémaïs et repoussaient devant eux les musulmans honteux de cet échec.

Comme les vainqueurs s'approchaient du séjour d'Omar, ce dernier se trouva obligé d'abandonner sa maison de campagne. Après avoir rassemblé tout ce qu'il possédait de plus précieux, il partit suivi de sa fille et du prisonnier Gondicar, et prit le chemin du désert. Gondicar espérait que ce changement amènerait sa délivrance; il voyait avec plaisir le moment où il serait de nouveau présenté à Saladin. Cet espoir, joint à la connaissance qu'il avait du succès des chrétiens, semblait avoir ranimé ses forces abattues par l'ennui de la captivité, et il suivit gaiement Omar. Fatime, enveloppée dans un voile épais et montée sur un petit coursier arabe, marchait devant; une esclave et Muchtali l'accompagnaient.

Après deux jours de route, nos voyageurs furent surpris par une troupe de Bédouins qui rôdaient dans le désert. Omar et sa suite se défendirent avec le plus grand courage; Gondicar fit mordre la poussière à plusieurs des assaillants; mais ceux-ci avaient l'avantage du nombre. Ils entraînèrent Omar, à la prise duquel ils semblaient tenir, et ce malheureux père, n'espérant plus leur échapper, s'écria : « Gondicar, je te recommande Fatime, ne l'abandonne pas!... »

Et les Bédouins s'éloignèrent avec la rapidité du vent du désert. Gondicar se retrouva seul avec Muchtali, Fatime et son esclave.

Une vaste plaine de sable s'ouvrit bientôt devant eux; on n'y voyait pas un arbre, pas un buisson. Fatime ne cessait de pleurer, et ses cris déchirants navraient l'âme du chevalier, qui s'efforçait en vain d'apaiser sa douleur. Pourtant, à la première halte elle aida Gondicar à panser une large blessure que Muchtali avait reçue à la tête; et après quelques instants de repos ils continuèrent leur route.

Les chevaux avaient peine à marcher dans le sable, où ils s'enfonçaient jusqu'aux genoux, et qui, soulevé par le vent, les aveuglait et leur coupait la respiration. Un soleil brûlant dardait ses rayons sur ce miroir mouvant, et bientôt chevaux et cavaliers furent inondés de sueur et contraints de faire une nouvelle halte.

Déjà Fatime mourait de soif, et l'on ne découvrait aucune source aux environs. Gondicar avait apporté avec lui deux flacons, l'un rempli d'eau, l'autre d'un sorbet qui était plus rafraîchissant. Le second fut vidé à l'instant, et peu après on entama le premier.

« Nous allons périr, s'écriait la jeune fille ; nous n'avons ni source ni abri ! O mon père ! s'il fallait mourir, pourquoi ne suis-je pas morte à côté de toi ! Ah ! qu'il aurait mieux valu pour ta fille expirer entre tes bras, sous les coups de nos assassins ! Où es-tu, mon père ? peut-être t'ont-ils massacré ! Oh ! ramenez-moi vers mon père, je veux mourir avec lui ! »

Gondicar s'efforçait en vain de ranimer son courage, quoique lui-même perdît tout espoir. Ils étaient trop avancés dans le désert pour pouvoir retourner sur leurs pas, et de quelque côté que se portassent leurs regards, ils n'apercevaient aucune oasis (1).

Les chevaux, harassés, bronchaient à chaque instant, et Gondicar et Muchtali furent souvent obligés de mettre pied à terre pour les soulager. Le soleil disparut sous l'horizon avant qu'on découvrit aucune chance de salut. Fatime se tordait les mains en jetant des cris déchirants, et sa servante se lamentait. Muchtali, assis près d'elles, restait impassible, et Gondicar, reprenant sa confiance en Dieu, parcourait les environs pour trouver quelque source.

---

(1) On appelle *oasis* des espaces qui, dans les déserts de sable de l'Asie et de l'Afrique, offrent de la végétation.

# CHAPITRE VII



### DEUX BAPTÊMES DANS LE DÉSERT

La nuit n'était pas encore close entièrement, lorsqu'en faisant de nouveaux efforts pour continuer leur route, les voyageurs virent avec effroi le cheval de Muchtali, tomber et mourir. Bientôt celui de Gondicar succomba de même. Il fallut s'arrêter.

Muchtali et la servante déposèrent Fatime sur le sable encore brûlant, et Gondicar, agenouillé, adressa à Dieu cette prière : « O Jésus, envoyez-nous un ange qui nous montre une source, comme vous en avez envoyé un à Agar et à son fils. Pourtant, si votre volonté est que nous périssions ici, ayez pitié de ces âmes, que vous avez créées à votre image, et pour lesquelles vous avez répandu votre sang divin. Éclairez leur esprit de votre lumière, touchez leur cœur par votre grâce, afin que, réunis dans votre royaume, nous puissions vous remercier ensemble de vos bontés et célébrer à jamais vos louanges. »

Il leva ensuite les yeux vers le ciel : le ciel était serein; il les promena autour de lui : autour de lui s'étendait une vaste mer de sable. Fatime respirait à peine, ses paupières étaient fermées et ses joues brûlantes; la fièvre la consumait. Alors le chevalier tira le flacon où il avait conservé quelques gouttes d'eau dans le dessein d'accomplir un pieux devoir. Muchtali, qui se doutait de son intention, voulut lui arracher le flacon, mais le chevalier le repoussa et le fit rouler sur le sable.

Le bruit de cette lutte tira Fatime de sa léthargie. et elle leva des yeux mourants sur Gondicar.

« Eh bien! dit-elle d'une voix presque éteinte, avez-vous trouvé quelque source? » Le chevalier secoua tristement la tête sans répondre.

« Il nous faut donc mourir? continua la jeune fille.

— Fatime, répondit Gondicar d'une voix basse mais solennelle, nous ne pouvons échapper à la mort; mais je voudrais que tu mourusses chrétienne. »

Fatime, se soulevant sur un bras, lui dit : « Oui, Gondicar, je veux mourir dans la foi chrétienne; car ton Dieu est bon, puisqu'il s'est sacrifié pour sauver le genre humain. Je veux croire ce que tu crois; je renonce à Mahomet, et ne reconnais plus d'autre Dieu que le tien. Tu te rappelles la sainte image que tu m'as donnée? La voilà. » Et en disant ces mots, elle écarta son voile, et montra au chevalier la petite croix qu'il lui avait donnée la nuit même où Moïse eut sa vision.

Gondicar leva les yeux vers le ciel; après avoir

remercié le Seigneur, et imploré son assistance, il demanda à Fatime si elle voulait être baptisée au nom du Dieu des chrétiens, et lui proposa les principales vérités de la religion, auxquelles la jeune fille adhéra avec une foi fervente, accompagnée d'une vraie douleur de ses péchés et d'un ferme propos de garder la loi de Dieu. Puis le chevalier, écartant le voile qui couvrait encore le front de Fatime, leva le flacon pour la baptiser.

Mais Muchtali, qui suivait tous ses mouvements, se jeta de nouveau sur lui pour s'emparer du flacon. « Chien de chrétien, criait-il avec fureur, tu ne la baptiseras pas, tu ne lui raviras pas son paradis. » Gondicar le saisit une seconde fois et le jeta avec tant de force sur le sable, qu'il y resta tout étourdi.

Alors, débarrassé de tout obstacle, le chevalier acheva l'acte solennel et donna à la nouvelle chrétienne le nom de Marie. Marie, c'est ainsi que nous l'appellerons désormais, prit la croix et la pressa contre ses lèvres brûlantes; elle voulut parler, mais les forces lui manquèrent, et elle retomba la tête appuyée sur le sable.

« Fou que tu es, lui cria l'esclave, verse-lui l'eau dans la bouche, plutôt que sur la tête; cela lui servira au moins à quelque chose.

— Muchtali, répondit le chevalier, ne blasphème point le Seigneur. Nous sommes sur le bord de la tombe, Mahomet ne te sauvera pas de la mort qui nous menace. Imite ta maîtresse et meurs en chrétien. J'ai encore dans le flacon quelques gouttes d'eau qui te suffiront pour ton salut éternel, mais elles ne te suffiraient pas pour te conserver cette vie temporelle. Veux-tu être baptisé et croire en Jésus-Christ?

— Non, répondit Muchtali; ce sable se changera en eau avant que je renonce à Mahomet. Si tu as encore quelques gouttes d'eau, emploie-les à rafraîchir les lèvres de Fatime. »

Au contraire, l'esclave de Fatime, confidente de ses premières aspirations vers le christianisme, reçut le sacrement avec une foi comparable à celle de sa maîtresse. Ensuite Gondicar se prosterna et se remit à prier. Déjà il sentait ses propres forces défaillir, et attendait avec une sainte joie l'heureux moment où il pourrait présenter à son Dieu deux âmes qu'il avait sauvées, quand il aperçut à quelque distance un animal semblable à une gazelle qui paraissait s'être égaré dans le désert. Il se lève, l'animal fuit. Gondicar recommande à Muchtali d'avoir soin de sa maîtresse; et, réunissant ses forces, il tente de suivre l'animal.

Après une demi-heure d'une course pénible, il arrive au sommet d'une colline, au bas de laquelle il voit avec surprise un joli vallon; il y descend à pas précipités, et se trouve au bord d'une source limpide, ombragée par de nombreux palmiers. Il boit à longs traits l'eau bienfaisante, et, après avoir rempli son flacon, retourne avec joie vers ses compagnons.

# CHAPITRE VIII



Gondicar trouva Marie évanouie et les esclaves s'attendant à chaque instant à la voir mourir. Aussitôt il versa dans la bouche de la jeune fille quelques gouttes de l'eau fraîche qu'il apportait, et Marie rouvrit les yeux. Le chevalier lui annonça son heureuse découverte; elle reçut avec reconnaissance, et comme venant du Ciel, la boisson salutaire qui lui était offerte. Les esclaves burent à leur tour, et bientôt ils eurent assez de forces pour aider le chevalier à porter Marie jusqu'au vallon, où ils se proposaient de passer le reste de la nuit.

Lorsqu'ils y furent arrivés, ils s'arrêtèrent sous un palmier au bord d'un ruisseau, et Muchtali ayant tiré de son sac les provisions dont il s'était muni, ils satisfirent la faim dévorante qui les pressait, besoin auquel leur soif les avait rendus insensibles.

Le lendemain, après un sommeil bienfaisant, les voyageurs se remirent en route. Ce n'était plus un désert sablonneux, mais une vallée stérile qu'ils suivaient, toujours dans l'espoir d'y rencontrer quelque habitation. L'eau ne leur manquait pas, mais les fruits; la veille, ils avaient souffert les tourments de la soif, ce jour-là ils enduraient les angoisses de la faim. Des baies sauvages furent toute leur nourriture, et Marie sentit de nouveau ses forces près de défaillir.

Le troisième jour, ils entrèrent dans une vallée encore plus sombre et plus affreuse que celle qu'ils avaient suivie jusqu'alors. Gondicar prit les devants pour chercher du miel sauvage, car il avait aperçu plusieurs essaims d'abeilles qui butinaient sur les fleurs dont le fond de la vallée était couvert.

En gravissant une hauteur, il se trouva tout à coup sur un petit plateau entouré d'arbres, et entendit une voix d'homme dont les échos répétaient les accents plaintifs mais sonores.

Il s'approcha du lieu d'où partaient les sons, et reconnut la voix de Moïse. « Moïse! Moïse! » cria le chevalier. Aussitôt une figure longue et maigre sortit du bosquet, et s'arrêtant devant l'étranger le considéra attentivement.

« Je ne me trompe pas, dit Moïse, c'est bien Gondicar! Mais comment te trouves-tu ici?

— Je puis t'adresser la même question, Moïse, répliqua Gondicar.

— Je ne m'appelle plus Moïse; j'ai changé ce nom pour celui de Jérôme. Je suis chrétien.

— Dieu soit loué! s'écria le chevalier avec l'émotion du bonheur et serrant le solitaire entre ses bras. Fatime, la fille d'Omar, est baptisée aussi, et se nomme maintenant Marie. Une de ses esclaves a suivi son exemple. Marie m'attend à quelques pas d'ici : la fatigue, la faim et la soif ont épuisé ses forces. »

Moïse, ou plutôt, pour lui donner son nouveau nom, Jérôme aurait bien voulu entendre le récit des événements qui lui amenaient ses hôtes; mais il ne fallait pas prolonger les tourments de Marie, et, prenant des provisions, il pria Gondicar de le conduire vers la jeune fille.

Marie était couchée sur le gazon, les yeux fermés et la figure couverte de la pâleur de la mort. A côté d'elle veillaient les esclaves. Gondicar l'eut à peine appelée par son nom, qu'elle ouvrit les yeux et les tourna vers le chevalier. Ses regards rencontrèrent d'abord ceux du solitaire. Celui-ci s'empressa de lui faire prendre quelques gouttes d'une liqueur dont il s'était pourvu, et Marie ayant repris un peu de force, Muchtali et la servante la transportèrent sur leurs bras jusqu'à la demeure de ce dernier.

Le regard sombre et farouche de Muchtali révélait encore sa haine contre le médecin de son maître.

En arrivant au sommet de la colline, Marie avait déjà recouvré l'usage de la parole. « Gondicar, dit-elle, je reconnais bien la bonté et la puissance du Sauveur, qui nous a tirés des dangers auxquels nous étions près de succomber. Mais à qui, après Dieu, devons-nous l'hospitalité qui nous est offerte?

— Ne le reconnais-tu donc plus, Marie? dit le chevalier en lui présentant le solitaire. Tâche de te rappeler encore ses traits.

— Comment tu es ici, Moïse?

— Maintenant il s'appelle Jérôme, reprit le chevalier; l'eau sainte et régénératrice du baptême a coulé sur son front, il est chrétien.

— Je l'en félicite de toute mon âme, et je remercie le Ciel de nous avoir réunis dans la même croyance. Ah! que ne puis-je procurer le même bonheur à celui qui, après Dieu, est le plus cher objet de ma tendresse, à mon père bien-aimé!

— Espère, Marie, continua le chevalier; Dieu est aussi puissant qu'il est bon, il écoutera les vœux de ton cœur. Prie pour ton père afin que le Seigneur dissipe les ténèbres de son esprit et convertisse son cœur. »

Jérôme lui tint le même langage, et Marie, devenue plus tranquille, le suivit dans une grotte dont l'ouverture cachée par des buissons était basse et étroite. L'intérieur était assez spacieux; on voyait au milieu une table et un banc, et dans un coin deux lits de mousse.

Marie fut déposée sur un des lits, et, après avoir

pris un peu de nourriture, elle tomba dans un sommeil profond et paisible.

Le solitaire voulut ensuite préparer à manger pour Gondicar et les esclaves, mais le chevalier le pria de panser d'abord la blessure de Muchtali, qui n'avait pas encore pu être soignée. Malgré sa rancune, l'esclave remercia le solitaire et l'aida ensuite à préparer le repas.

Lorsque la première faim fut apaisée, Gondicar pria Jérôme de lui raconter ce qui lui était arrivé depuis sa disparition de la maison d'Omar; et le solitaire, l'ayant mené hors de la grotte pour ne pas troubler le sommeil de Marie, et ne pas être entendu de Muchtali, commença le récit qu'on va lire.

# CHAPITRE IX



## CONVERSION DE JÉRÔME

« Après la terrible nuit que tu sais, Omar et toi, vous avez pensé que j'avais perdu la raison; et en effet mon esprit était tellement troublé, que je restai longtemps dans un état voisin de la démence. Dieu voulait me punir de mon orgueil; il permit encore que j'errasse longtemps dans le désert, avant de retrouver l'usage entier de ma raison.

« Je me réfugiai alors dans ce vallon. Ici je trouvai un chrétien, qui, touché de mes peines, me reçut avec la plus tendre cordialité, et me donna les soins les plus empressés. Ses discours ranimèrent ma confiance et éclairèrent mon esprit; il me parla de la croix, et ce signe que j'avais jusqu'alors tant redouté devint bientôt pour moi un objet d'amour, une source de consolations.

« Enfin ce chrétien m'instruisit assez pour que je pusse recevoir le sacrement de baptême. Depuis ce temps j'ai vécu avec lui dans cette solitude, heureux et content, en attendant qu'il plaise au Seigneur de nous réunir à nos frères de Jérusalem.

— Et, demanda Gondicar, comment s'appelle ce chrétien à qui tu dois ta conversion?

— Son nom est Paul, répondit le solitaire; il ne m'a point dit celui de sa famille, et je n'ai jamais cherché à l'apprendre. Je sais que, fait prisonnier comme toi à la bataille de Tibériade, il est parvenu à s'échapper et s'est caché dans ce désert, où je l'ai rencontré. Il attend que les Sarrasins soient chassés du pays pour se réunir de nouveau à l'armée chrétienne. Les environs sont encore occupés par les infidèles.

— Et où est-il maintenant? continua Gondicar.

— Tous les jours il fait une excursion pour tâcher de reconnaître la position des armées. Jusqu'à présent il n'a rien découvert, car il n'ose s'aventurer trop loin, de peur de retomber entre les mains des ennemis. Il ne tardera pas à rentrer. Si tu veux, nous irons à sa rencontre, tandis que les esclaves veilleront auprès de Marie. »

Et ils descendirent dans le vallon.

Muchtali seul ne dormait pas, quoique la lassitude extrême qu'il éprouvait dans tous les membres l'invitât au sommeil; c'est que des pensées sinistres occupaient son esprit et tenaient tous ses sens éveillés. Assis auprès de Marie, il la contemplait avec un air moitié compatissant, moitié farouche, et semblait attendre son réveil.

« Gondicar! Gondicar! s'écria tout à coup la jeune fille, agitée par un songe pénible, viens à mon secours; Muchtali veut m'arracher la croix!...

— Maudite croix! répondit l'esclave en rugissant de colère, et sa voix éveilla la jeune fille.

— Où suis-je? dit Marie en regardant autour d'elle avec effroi.

— Avec moi, reprit Muchtali d'une voix sourde. Ne crains rien; je veille pour ta défense, et jusqu'à ce que tu sois rendue à ton père, je te défendrai jusqu'à la dernière goutte de mon sang. »

Et Marie se rendormit aussitôt.

# CHAPITRE X



Gondicar et Jérôme attendirent pendant une heure entière l'arrivée de Paul. Ne le voyant pas, et ne pouvant pas rester plus longtemps éloignés de Marie, ils retournèrent dans la grotte, et trouvèrent la jeune fille et sa servante encore plongées dans le sommeil.

« Dieu soit loué ! dit Jérôme, elle est hors de danger. J'espère que demain elle ne se ressentira plus de sa fatigue. Il faut maintenant te reposer toi-même, Gondicar ; le soleil s'est déjà caché derrière la montagne, et la nuit s'avance. Pendant que Muchtali et toi vous dormirez, je veillerai auprès de Marie.

— Je ne suis pas tellement fatigué, répondit l'esclave, que je ne puisse encore garder ma maîtresse ; je dormirai demain durant le jour.

« — Et pourquoi, ajouta Gondicar, ne dormirais-tu pas cette nuit, puisque Jérôme peut veiller? Ta blessure exige du repos. »

Muchtali ne répondit point. Le malheureux, lors de la sortie du chevalier et de Jérôme, avait été plusieurs fois tenté de profiter de leur absence pour enlever sa jeune maîtresse, et la reconduire, sinon à son père, du moins au camp de Saladin; mais il avait craint de rencontrer Gondicar, et s'était résigné à attendre la nuit. Voilà pourquoi il ne voulait pas se livrer au sommeil. Mais, réfléchissant qu'il lui serait impossible d'enlever Marie sans que ses cris, même étouffés, réveillassent quelqu'un, il céda enfin aux remontrances de Gondicar.

Je saurai bien, se dit-il en lui-même, exécuter plus tard mon projet, et le soleil ne se cachera pas sept fois avant que j'aie ramené Fatime à son père ou à Saladin notre maître.

Jérôme fit un nouveau lit de mousse pour Muchtali. Le chevalier s'étendit sur celui de Paul, et bientôt les deux voyageurs oublièrent dans un profond sommeil, l'un ses fatigues, l'autre ses mauvais desseins.

Jérôme passa plusieurs heures en prière, puis vers minuit il remit de l'huile dans sa lampe; et, après s'être assuré que Marie dormait toujours, il sortit dans l'espoir de voir arriver Paul, dont la longue absence commençait à l'inquiéter. Mais Paul ne revint pas, et Jérôme retourna auprès de ses hôtes.

Le soleil reparut enfin sur l'horizon. Ses premiers rayons, pénétrant par une fente étroite du rocher, tirèrent Gondicar de son sommeil, et bientôt après Muchtali s'éveilla aussi. Marie dormait toujours; ce ne fut qu'une heure après le lever du soleil qu'elle ouvrit les yeux.

Gondicar s'approcha d'elle et lui demanda avec la sollicitude d'un père comment elle se trouvait.

« Je me trouve bien, répondit Marie, et je me crois assez forte pour continuer notre route.

— Nous attendrons encore quelque temps, reprit le chevalier : je désire parler à un homme qui nous aidera peut-être de ses conseils. Cependant tu as besoin de prendre l'air : promène-toi près de la grotte, tandis que Jérôme et moi nous attendrons le retour de son compagnon. » Marie aurait bien voulu demander au chevalier quel était l'homme dont il parlait; mais, craignant qu'il ne se trouvât gêné par la présence de l'esclave, elle sortit, après avoir remercié Jérôme des soins qu'il lui avait donnés.

Suivie de la servante et de Muchtali, elle descendit dans le vallon; et, remontant le ruisseau qui le traversait, elle prit tant de plaisir aux beautés sauvages qui se présentaient à ses regards, que sans y penser, elle fut bientôt assez éloignée de la grotte pour que le noir crût pouvoir exécuter son projet. Cependant, afin d'être plus sûr de réussir, il la conduisit plus loin encore, en l'engageant à venir admirer d'autres objets.

Quand Muchtali jugea qu'il avait assez d'avance,

au lieu de continuer de suivre le ruisseau, il entra dans un bois où il prétendait avoir remarqué un sentier qui devait beaucoup abréger la route pour revenir à la grotte. Mais Marie ne voulut pas s'y aventurer. « Non, dit-elle, nous ne connaissons pas le pays, nous pourrions nous égarer, il vaut mieux retourner par le même chemin.

— Nous ne nous égarerons pas, répondit l'esclave. Ce chemin nous conduira vers ton père. Tu ne dois plus revoir la grotte de Moïse.

— Muchtali, quel est ton projet? s'écria la jeune fille épouvantée. Dieu sait combien j'aime mon père, et combien il me tarde de le rejoindre; mais depuis que j'ai embrassé le christianisme, je ne puis me présenter à ses yeux sans l'avoir fait prévenir et l'avoir assuré que, quoique chrétienne, je n'ai jamais cessé de l'aimer. Oui, je l'aime plus que jamais; cependant je crains son courroux, et je ne voudrais pas l'exposer à éprouver plus tard le regret d'avoir maltraité sa fille chérie. Tu parles de me reconduire vers lui; qui t'a dit où il est? Tu le crois dans le camp du sultan? Mais ne l'as-tu pas vu emmener par les brigands qui nous ont attaqués?

— Ton père leur a sans doute payé une forte rançon; ils l'auront mis en liberté, et certainement il sera allé tout droit auprès de Saladin.

— Eh bien! reconduis-moi à la grotte de Jérôme; demain tu partiras seul; et tu iras voir si mon père est au camp.

— Non, je ne partirai point seul. Il faut que tu me suives, et à l'instant même.

— Muchtali, continua la jeune fille, s'efforçant, malgré sa frayeur, d'élever la voix pour imposer à l'esclave, ce n'est pas à moi de te suivre, et je te commande de me ramener vers le chevalier.

— Fatime, répondit Muchtali avec un rire moqueur, ta domination est finie. Lorsque tu étais encore la servante du prophète, tu pouvais commander et j'obéissais ; mais aujourd'hui nous avons changé de rôle ; je ne suis plus ton esclave, mais tu es la mienne, car le musulman doit commander au chrétien. D'ailleurs, tu n'es encore qu'une enfant. »

Marie, saisie de frayeur devant l'esclave, qui paraissait insulter à sa faiblesse, jetait les yeux de tous côtés comme pour chercher un défenseur. « Gondicar ! Gondicar ! » s'écria-t-elle en réunissant toutes ses forces, et la servante fidèle joignait ses cris à ceux de sa maîtresse. Mais le Maure les interrompit :

« Fatime, lui dit-il, tes cris ne te serviront de rien. Gondicar est trop loin de toi. Invoque plutôt ton Christ, et vois s'il viendra à ton secours.

— Impie ! cesse de blasphémer, reprit Marie. Oui, mon Dieu viendra à mon secours, et il te confondra. »

Elle voulut fuir, mais Muchtali l'arrêta, et, sourd à ses cris et à ses larmes, l'entraîna dans le bois, après avoir repoussé d'un coup violent l'esclave convertie.

# CHAPITRE XI



L'INNOCENCE SECOURUE

A peine Muchtali et sa victime avaient-ils fait quelques pas, qu'ils virent un homme, dans un costume bizarre, qui s'avançait vers eux.

Muchtali voulut éviter sa rencontré; mais Marie, pour donner à l'étranger le temps de venir à son secours, s'accrocha avec tant de force à une branche, tandis que la servante faisait des efforts désespérés pour l'empêcher d'être entraînée, qu'avant que le noir fût parvenu à lui faire lâcher prise, il se sentit lui-même saisi par des bras vigoureux et renversé par terre. Il tira son poignard; d'un coup de bâton l'étranger le lui fit sauter de la main, et l'esclave s'enfuit, en blasphémant, dans l'épaisseur de la forêt.

Lorsque Marie se fut un peu remise de sa frayeur,

l'étranger la pria de lui donner l'explication de ce qui venait de se passer, et la jeune fille lui raconta en peu de mots comment elle avait été entraînée par Muchtali loin de la grotte de Jérôme.

« Je vais vous y conduire, reprit l'étranger. Tranquillisez-vous, et suivez-moi avec confiance. » A ces mots il se mit à marcher devant elle sans ajouter une seule parole.

Après le danger auquel elle venait d'échapper, Marie n'eut point de peine à se confier à ce guide inconnu qu'elle regardait comme un envoyé du Ciel. Elle le suivait sans rien dire, n'osant l'interrompre dans ses méditations, car il paraissait réfléchir. Mais de temps en temps, elle levait les yeux et cherchait à deviner quel était le mystérieux personnage à qui elle devait la liberté et peut-être la vie.

Bientôt ils arrivèrent au pied de la colline au sommet de laquelle se trouvait la grotte de Jérôme. Celui-ci, inquiet de ne point voir revenir Marie, était descendu dans la vallée, et venait à sa rencontre, tandis que Gondicar la cherchait du côté opposé, car il craignait qu'elle ne se fût écartée du chemin indiqué par le solitaire.

A peine Jérôme eut-il reconnu Marie, que, sans paraître faire aucune attention à son guide, il lui demanda la cause de son retard et où était Muchtali.

« Il a voulu, dit-elle, m'entraîner avec lui; mais le Seigneur que j'ai invoqué m'a envoyé un homme généreux qui m'a délivrée. » En disant ces mots, elle levait timidement les yeux vers Paul, car c'était lui-même qui avait ramené la jeune fille.

« C'est bien, mon enfant, reprit le solitaire. Lorsque le chevalier sera de retour, tu nous conteras cela en détail. Va maintenant avec ton esclave fidèle te reposer sous l'arbre qui ombrage l'entrée de la grotte; tu y trouveras des fruits et du miel. Tu dois avoir besoin de manger, après une si longue course. »

Quand Marie se fut retirée, Paul, qui jusqu'alors avait gardé le plus profond silence, demanda à son ami qui était cette jeune fille et comment elle se trouvait là.

Jérôme, qui lui avait déjà parlé d'Omar, répondit que cette jeune personne était sa fille : « Elle m'a été amenée par un chevalier appelé Gondicar. »

Ce nom fit une impression profonde sur Paul, qui demanda aussitôt à parler au chevalier. « Il ne tardera pas à revenir, répondit Jérôme, car il a autant de sollicitude pour Marie, qu'un père pour sa fille. Tu m'as causé aussi une bien vive inquiétude, mon cher Paul, et je rends grâces au Ciel, qui t'a ramené sain et sauf. Je commençais à craindre qu'il ne te fût arrivé quelque malheur.

— Non, Dieu merci! quoique je me sois exposé à tomber entre les mains des infidèles; tant j'étais impatient de mettre un terme à la vie inutile que je mène ici. J'ai passé inaperçu pour ainsi dire au milieu de mes ennemis. Un vieillard pauvre et infirme, ayant reçu de moi une légère aumône, m'avait dit que les chrétiens reprenaient l'avantage, et j'ai tenté de m'en assurer par moi-même, en m'avançant du côté où campait une partie de l'armée de Saladin. J'ai cru un instant que j'allais être découvert; mais, caché derrière un buisson, j'ai attendu la nuit pour reprendre le chemin du désert. Les chrétiens ont en effet repris l'offensive, et il faut espérer que bientôt ils auront chassé d'ici les infidèles dont nous sommes les prisonniers depuis si longtemps, sans même qu'ils s'en doutent. Si tu avais été avec moi, nous aurions traversé les lignes ennemies, et maintenant nous serions au milieu de nos frères. Mais le Seigneur est la miséricorde même : il n'a pas voulu nous rendre à la liberté avant que nous puissions aider aussi à la délivrance de ceux qu'il nous a envoyés. »

Ici Paul fut interrompu par l'apparition subite de Gondicar, qui, la douleur peinte sur la figure et les yeux baissés, remontait lentement la colline. « Elle est retrouvée! » lui cria Jérôme en courant au-devant de lui.

Paul le suivit. Lorsqu'il fut en présence de Gondicar, celui-ci s'arrêta aussi surpris que Paul le paraissait peu. Le chevalier avait reconnu son ami d'enfance, son compagnon d'armes, et se jetant à son cou il s'écria : « C'est donc toi, mon cher Valembert?

— Oui, mon ami, c'est moi, répondit Valembert. Mais comment te trouves-tu ici?

— Je suis prisonnier, et j'attends qu'il plaise au Seigneur d'employer encore mon bras pour la défense de sa cause... Mais où est Marie? ajouta le chevalier en s'adressant à Jérôme.

— Elle nous attend là-haut. C'est ton ami lui-même qui nous l'a ramenée.

— Dieu soit loué! Mais rentrons dans la grotte, et nous pourrons nous raconter nos aventures. »

# CHAPITRE XII

## LA PRIÈRE

Les trois amis aperçurent bientôt la jeune fille, agenouillée auprès d'un arbre et serrant sur son cœur et sur ses lèvres la croix que Gondicar lui avait donnée. Elle priait avec tant de recueillement, qu'elle ne les vit que lorsqu'ils furent tout près d'elle; et alors, se levant pour aller à leur rencontre, elle leur dit avec la plus aimable ingénuité qu'elle venait de remercier le Ciel de l'avoir délivrée des mains de Muchtali.

Gondicar lui demanda ce qui lui était arrivé, et Marie lui raconta la ruse odieuse de l'esclave, qui voulait l'entraîner au camp de Saladin, et sa délivrance par l'entremise de l'ami de Jérôme.

« Marie, dit Gondicar, j'aurais dû me défier de ce traître et ne pas te laisser sortir avec lui; mais enfin, puisque le Ciel lui-même a pris la défense, nous devons le remercier et espérer que bientôt nous serons rendus à la liberté.

— Oui, je n'en doute pas, reprit Valembert. Bientôt, demain peut-être, l'armée chrétienne aura repoussé l'ennemi au delà de ces limites, et nous pourrons nous montrer sans crainte. J'ai appris que les chrétiens, après s'être emparés de Ptolémaïs, de Césarée et de Jaffa, se disposent à mettre le siége devant Jérusalem. Que Dieu bénisse leurs efforts et nous fasse la grâce de combattre encore avec eux pour la défense de sa loi !

— Amen ! » dirent Gondicar et Jérôme; et s'étant levés et tournés vers Jérusalem, ils récitèrent ensemble quelques psaumes que Valembert et son compagnon avaient auparavant l'habitude de chanter au milieu du jour. L'approche de l'ennemi, qui, d'un moment à l'autre, pouvait les surprendre, ne leur permettait pas d'élever la voix; mais leur ferveur n'en fut que plus profonde et leurs vœux plus ardents, parce qu'ils voyaient arriver le jour de leur délivrance et de leur rentrée dans les rangs de leurs frères.

Qu'il était touchant le spectacle qu'offrait alors la colline! Debout, la tête découverte, les mains croisées sur la poitrine, et les yeux tournés du côté du saint Sépulcre, les deux chevaliers ressemblaient moins à des guerriers qu'à de pieux cénobites qui, ravis en extase, attendent le moment qui doit les réunir à l'objet de leur amour et leur offrir la béatitude éternelle.

Gondicar enveloppé dans son manteau de chevalier, offrait un contraste frappant avec Valembert, revêtu d'un costume semi-oriental et presque tombant en lambeaux que lui avaient donné les vainqueurs après l'avoir dépouillé de ses armes et de ses vêtements.

Jérôme était placé à sa droite. Il portait encore le même habillement qu'il avait à la cour de Saladin, et qui distinguait les juifs des musulmans. Une barbe épaisse et blanche comme la neige lui descendait jusqu'à la ceinture; une couronne de cheveux, blancs aussi, garnissait le derrière de sa tête. Sa physionomie, autrefois sombre et rêveuse, était maintenant aimable et douce comme celle du saint dont il portait le nom.

Près de Jérôme étaient agenouillées Marie et sa servante. On eût pris au milieu de ce groupe la fille d'Omar pour un ange du ciel chargé de recevoir et de porter à l'Éternel leurs prières et leurs vœux.

Quand la prière fut terminée, Gondicar, qui avait vu briller des larmes dans les yeux de la jeune fille, voulut en connaître la cause.

« Pourquoi pleures-tu, Marie? pourquoi ton cœur est-il attristé quand le jour du salut commence à luire? Demain peut-être tu jouiras de la douce liberté des enfants de Dieu.

— Je l'espère aussi, répondit Marie. Mais mon pauvre père! Ah! si le Seigneur, dans sa miséricorde lui accordait la même faveur qu'à sa fille! s'il l'éclairait de la même lumière, et qu'aux liens

de la nature qui nous unissent se joignissent encore
ceux qui unissent entre eux les chrétiens!... »

Les sanglots étouffèrent sa voix, et elle se cacha
la figure dans son voile. « Ne pleure pas, Marie,
lui dit Gondicar. Le Seigneur, qui t'a appelée à la
connaissance de son Évangile, peut aussi toucher
le cœur de ton père. Aie confiance en sa miséricorde infinie; ne cesse pas de prier; tes vœux
seront exaucés tôt ou tard. Une prière constante,
jointe à une confiance filiale, t'ouvrira les cieux :
et qui sait si, dans les desseins de la Providence,
tu n'es pas appelée à donner à ton père la vie de
l'âme en échange de celle du corps, que tu as reçue
de lui? »

Ces paroles produisirent sur la jeune fille l'effet
que s'était proposé Gondicar. Marie essuya ses larmes, et put prendre part au repas que ses hôtes
eurent bientôt préparé. C'était du miel, du pain
cuit sous la cendre, et quelques oiseaux du désert
que Valembert et Jérôme avaient tués de leurs
flèches.

Forcé par le besoin, Valembert avait appris de
lui-même à faire des nattes et des corbeilles avec
la feuille du palmier, et il les échangeait dans les
douars (1) les plus proches de sa grotte contre du
froment ou d'autres comestibles. Son costume sin-

______

(1) On appelle douar une espèce de village que les Arabes
forment en réunissant leurs tentes disposées en cercle. et dont
le milieu sert de parc pour renfermer les troupeaux pendant
la nuit.

gulier, joint à la noblesse de sa figure, le faisait passer aux yeux de ces peuples nomades pour un être extraordinaire, surtout depuis qu'il leur avait annoncé une éclipse de l'une, et qu'il avait guéri quelques malades.

Le soir arriva. On barricada l'ouverture de la grotte, car on craignait le retour de Machtali; et bientôt un sommeil doux et paisible ferma les paupières de ces pieux chrétiens, qui semblaient déjà pressentir les événements du lendemain.

# CHAPITRE XIII



Le soleil avait à peine doré le sommet des collines, que Valembert éveilla ses compagnons. Marie s'éveilla d'elle-même, et tous sortirent de la grotte pour jouir du beau spectacle que leur offrait la nature, et faire en même temps leur prière.

Valembert quitta ensuite ses hôtes et alla seul au sommet d'une colline plus élevée que celle où ils étaient, pour découvrir tous les environs. Après y être resté une demi-heure, il en descendit promptement; et s'adressant à Gondicar et à Jérôme : « Mes amis, dit-il, voici le jour du Seigneur. J'ai vu briller les armes dans le lointain; j'ai entendu les cris des combattants, ils s'approchent, et bientôt, je l'espère, ils seront ici. Tenons-nous prêts. Que les femmes se retirent dans le fond de la grotte; et, tandis que nous combattrons, elles prieront pour nous, afin que le Seigneur bénisse nos efforts et nous rende tous à la liberté. »

Marie et l'esclave rentrèrent dans la grotte. Gondicar crut aussi devoir ménager la faiblesse de Jérôme, qui de sa vie n'avait manié aucune arme.

Les deux chevaliers commencèrent d'abord par faire disparaître tout ce qui pouvait indiquer que la grotte servait d'habitation; ces indices les auraient trahis. Après avoir ramené sur l'ouverture de la grotte les branches qu'on avait écartées pour faciliter le passage, ils se cachèrent à l'entrée sous l'épais feuillage d'un buisson.

Gondicar tenait à la main son épée, avec laquelle il avait déjà frappé de si grands coups; Valembert n'avait qu'une massue, mais dans sa main vigoureuse, cette massue était une arme terrible.

Après une demi-heure d'attente, ils commencèrent à entendre les cris des guerriers et le hennissement des chevaux. C'était une nuée d'Arabes fuyant à travers la vallée, tout en résistant à une troupe beaucoup moins nombreuse de cavaliers chrétiens qui les poursuivaient.

Tandis que Gondicar et Valembert épiaient avec une vive impatience le moment de seconder leurs frères d'armes, ils virent tout à coup monter vers la grotte une autre troupe de cavaliers arabes, à la tête de laquelle ils reconnurent Muchtali.

Gondicar se place aussitôt à l'entrée de la grotte dans un enfoncement de rocher; et, l'épée levée pour frapper, il attend l'infidèle, qui ne tarde pas à paraître. Le chevalier l'abat d'un seul coup, et se montre aux yeux des Arabes stupéfaits. Valembert sort aussi de sa retraite, et ils tombent tous deux avec une telle vigueur sur les mahométans, que ceux-ci s'étonnent, s'épouvantent et prennent la fuite.

Mais Gondicar, privé de toute arme défensive, a été frappé au bras d'un coup de cimeterre, son sang coule en abondance, et il est contraint de regagner la grotte, tandis que Valembert, descendant de la colline, se fait reconnaître aux chrétiens, et se met avec eux à la poursuite des ennemis.

En passant devant le corps de Muchtali, qu'il croyait mort, Gondicar est surpris de l'entendre gémir; il se hâte d'entrer dans la grotte, où Jérôme et les deux femmes étaient prosternés au pied de la croix; il appelle Jérôme et le prie de porter secours à un malheureux qui réclamait son assistance; car Gondicar avait oublié sa blessure en voyant Muchtali.

« Mais toi? répondit Jérôme avec anxiété.

— Ne t'inquiète pas de moi. J'attendrai; » et il appliqua la main sur sa plaie pour arrêter le sang; mais il en perdait tant, qu'il tomba épuisé, lorsqueJérôme visita sa blessure et mit le premier appareil.

« Votre blessure, quoique grave, ne présente pas de danger, lui dit Jérôme; mais elle vous obligera à renoncer au métier des armes.

— Que la sainte volonté de Dieu soit faite! répondit le chevalier; mais voyez maintenant s'il y a encore quelque espoir pour Muchtali. »

Ce nom fut pour Jérôme comme un coup de foudre. Il n'osait s'avancer vers le corps de l'esclave, gisant à quelques pas, et auquel il n'avait encore fait aucune attention. Gondicar le prit par la main et l'y conduisit. Muchtali avait reçu sur la tête le coup dont l'avait frappé le chevalier, mais son turban en avait amorti la violence.

Jérôme lui administra aussitôt les secours dont il avait besoin; et après qu'il lui eut pansé le front, il lui fit un lit de feuilles à l'ombre d'un palmier. Gondicar ne voulut point qu'il fût porté dans la grotte, à cause de Marie; et il avait menacé l'esclave de sa colère, s'il osait d'une manière ou d'une autre faire connaître sa présence à la jeune fille.

Cependant Valembert, suivi de plusieurs autres chevaliers, montait la colline, tandis que la troupe suivait le vallon. Jérôme alla à sa rencontre pour le prévenir de l'accident arrivé à Gondicar, et le prier en même temps de laisser ignorer à Marie la présence de Muchtali. Ensuite Valembert alla dans la grotte prendre Gondicar, pour le conduire aux chevaliers, qui l'attendaient au dehors.

La joie d'une rencontre aussi agréable qu'inespérée fut également vive de part et d'autre. Gondicar apprit que les Sarrasins avaient été repoussés avec une perte considérable, et que tout le pays jusqu'à Ptolémaïs était tombé au pouvoir des chrétiens.

Il fut décidé qu'on partirait aussitôt pour se rendre au camp des croisés, situé à une lieue de là.

Pendant que Jérôme se rendait auprès de Marie pour lui annoncer cette détermination, Valembert s'approcha de Muchtali, qu'il reconnut à l'instant : « Traître, lui dit le chevalier, ce n'était donc pas assez d'avoir essayé d'enlever une jeune fille pour la ramener à ta fausse religion, tu voulais encore nous surprendre aujourd'hui ! Tu es notre prisonnier, et tu vas nous suivre. »

Puis, ayant fait approcher un des chevaux pris à l'ennemi, il fit attacher Muchtali sur la selle et le confia à la garde de quelques soldats.

Jérôme parut bientôt avec Marie, à laquelle il avait fait reprendre son voile. Les chevaliers, en la voyant, la saluèrent avec respect, et l'un d'eux lui offrit son cheval. Un instant après, tout le cortége était en marche, et avant la nuit close ils arrivèrent au camp de l'armée chrétienne.

Gondicar et Valembert furent reçus par leurs amis avec les témoignages de la joie la plus vive; et, malgré les fatigues de la journée, ils furent obligés de leur raconter l'histoire de leur captivité. Marie fut confiée à la femme d'un chevalier venue de Ptolémaïs pour voir son époux. Jérôme resta avec Gondicar pour soigner sa blessure.

# CHAPITRE XIV



Le lendemain à la pointe du jour, les croisés virent plusieurs escadrons de cavalerie arabe s'a-vancer au galop vers le camp. Un large ravin qui le protégeait contre toute attaque imprévue les arrêta, et les chrétiens se préparèrent au combat.

Valembert, comme pour réparer le temps perdu, voulut faire partie des troupes destinées à repousser l'ennemi. Ce n'était plus ce solitaire armé d'une massue et couvert de lambeaux, comme l'avaient trouvé la veille ses compagnons; c'était un beau cavalier armé de toutes pièces et monté sur un superbe coursier, qui brûlait comme son maître de courir au combat. Un casque d'airain orné d'un panache blanc couvrait sa tête, et dans sa main brillait une large et longue épée, la même que Goudicar avait gardée pendant sa captivité.

Gondicar accompagna son ami jusqu'à la sortie du camp; il aurait bien voulu le suivre et partager ses périls, mais son bras n'était plus assez fort pour manier une arme.

Marie avait déjà appris que les Sarrasins étaient venus provoquer au combat l'armée des croisés. Un tremblement convulsif la saisit lorsque, sortie de sa tente malgré les représentations de la dame à qui elle avait été confiée, elle monta sur une hauteur d'où elle pouvait voir les mahométans. A leur tête était Omar lui-même.

Marie voulut appeler, mais sa voix expira sur ses lèvres, et elle tomba entre les bras de sa fidèle esclave.

Cependant Gondicar, sourd aux remontrances de son ami, descendit dans le ravin, fit des efforts inouïs pour se frayer un chemin à travers les broussailles, et arriva de l'autre côté presque en même temps que ses frères d'armes, qui avaient été obligés de faire un détour.

Après sa fuite de la grotte de Valembert, Muchtali s'était rendu au camp des Sarrasins. Il y trouva Omar, auquel les Bédouins avaient rendu la liberté moyennant une forte rançon, et qui, après une marche longue et pénible, était arrivé au camp peu de temps avant lui.

L'esclave apprit alors à son maître la conversion de sa fille à la foi chrétienne, et son refus de le suivre auprès de son père. Cette nouvelle excita toute la fureur d'Omar; il jura par la barbe du pro-

3·

phète (1) qu'il poursuivrait partout celui qui, disait-il, avait fait apostasier sa fille.

Lorsque, la veille, les Sarrasins avaient attaqué le camp des croisés, qui les repoussèrent si victorieusement, Muchtali avait prié Omar de lui donner quelques cavaliers pour aller arracher Fatime de la grotte où elle se trouvait avec Gondicar. Omar y avait consenti, et attendait avec la plus vive impatience le retour de Muchtali, quand les cavaliers vinrent lui annoncer l'échec qu'ils avaient éprouvé, et comment Muchtali était tombé sous les coups d'un chevalier chrétien. La fureur d'Omar ne connut plus de bornes, et il résolut, malgré la faiblesse de son âge, de conduire lui-même les Arabes au combat.

A l'instant où Marie avait reconnu son père, celui-ci l'avait reconnue elle-même. Puis il aperçut Gondicar rejoignant ses compagnons d'armes : « Gondicar, cria-t-il en écumant de rage, rends-moi ma fille, rends-moi Fatime, ou viens tuer son père, afin que mon sang appelle sur toi la vengeance d'Allah! »

Tandis qu'il suivait des yeux tous les mouvements du chevalier, ne songeant qu'à se mesurer avec lui et oubliant le danger dont le menaçaient les chrétiens, qui, après avoir franchi le ravin, s'approchaient du côté opposé, sa troupe, qu'il

_______________

(1) C'est-à-dire *par la barbe de Mahomet*. Il n'est point de serment plus sacré chez les musulmans.

n'était plus capable de commander, fut réduite à
ne prendre conseil que d'elle-même, et bientôt
aussi elle fut mise en déroute et se dispersa dans
toutes les directions.

Les chrétiens, maîtres du champ de bataille,
enveloppent Omar, qui restait seul avec quelques
cavaliers. Omar, furieux, exhorte ses soldats à
mourir plutôt que de se rendre, et lui-même se
jette en aveugle au milieu des chrétiens, frappant
à droite et à gauche comme un désespéré qui veut
au moins vendre chèrement sa vie. Il rencontre
Valembert, et, reconnaissant en lui un des chefs
ennemis, pousse son coursier vers lui avec une telle
violence, que les deux chevaux s'abattent. Omar
roule sur le sable en jetant un cri semblable au ru-
gissement d'un lion.

Valembert, qui s'était déjà relevé, ne se possède
plus; il lève son épée sur l'Arabe, et va lui donner
le coup de la mort, lorsque son bras est arrêté par
Gondicar, qui se jette entre lui et sa victime.

« Valembert, dit-il, pouvant à peine reprendre
haleine, tant il s'était pressé d'accourir; Valembert,
au nom de l'amitié qui nous unit, au nom d'un
Dieu mort sur la croix pour ses bourreaux, je te
conjure d'épargner ton ennemi. C'est Omar, le père
de Marie, le bienfaiteur de ton ami. »

Et, sans attendre de réponse, il désarme Omar,
l'aide à se relever et l'emmène. Valembert et les
autres chevaliers le suivent et rentrent dans le
camp.

Omar marchait avec peine; son âge avancé et l'émotion de son âme, bien plus encore que sa chute, avaient paralysé ses forces. Des larmes brûlantes coulaient de ses yeux. Honteux d'avoir été vaincu, il ne l'était pas moins de devoir la vie à celui auquel il aurait voulu l'arracher; mais sa douleur était aussi muette que vive, et Gondicar, respectant son silence, le conduisit sans dire un mot jusque dans sa tente.

L'ayant confié à la garde de quelques soldats, il se rendit auprès de Jérôme et de Marie, qui l'attendait avec une mortelle inquiétude, et qui n'avait cessé pendant tout ce temps de prier pour son père.

« Mon ami, dit-il à Jérôme, va dans ma tente, tu y trouveras quelqu'un qui a besoin de ton assistance. »

Après le départ de Jérôme, le chevalier reprit : « Marie, le ciel a exaucé tes prières, ton père est sauvé. Il ne te reste plus qu'une grâce à demander à la divine miséricorde, et j'ai la ferme confiance qu'elle ne te sera pas refusée. Prie et espère. »

Marie ne comprit pas tout ce que Gondicar voulait lui dire, et avant qu'elle eût ouvert la bouche pour en demander l'explication, Gondicar était déjà sorti. Elle se prosterna une seconde fois : d'abord elle remercia le Seigneur d'avoir conservé la vie à son père; ensuite elle pria l'Éternel de lui envoyer les lumières de l'Esprit-Saint pour l'éclairer et le convertir. Mais elle ne se doutait pas encore qu'il fût prisonnier dans le camp et qu'elle dût le voir bientôt.

# CHAPITRE XV



HEUREUX DÉNOUEMENT

Gondicar arriva à la tente en même temps que Jérôme; Omar, qui l'attendait avec une inquiétude facile à comprendre, baissa les yeux en le voyant.

« Omar, lui dit le chevalier, ne crois pas que je vienne insulter à ta douleur; je me souviens que moi-même j'ai été ton prisonnier, et que tu as eu pour moi les égards les plus délicats. J'espère que tu n'auras pas lieu de te plaindre de moi, et que peu de jours suffiront pour te prouver que tu n'es pas tombé entre les mains d'un ingrat.

— Je te remercie, répondit l'Arabe en levant timidement les yeux, car je te dois la vie. Cependant, après le mal que tu as fait à mon cœur de père en entraînant ma fille dans l'apostasie, je ne sais si tu n'aurais pas mieux fait de me laisser mourir.

— Tu m'avais appelé, Omar ; je me suis empressé d'accourir ; tu voulais m'arracher la vie, j'ai eu le bonheur de sauver la tienne. Après tous les soins que tu m'as prodigués pendant ma captivité, il ne peut plus y avoir entre nous que des combats de générosité. Je suis prêt à te rendre ta fille.

— Elle a abjuré la foi de Mahomet !

— Oui, elle l'a abjurée, mais elle n'a jamais oublié que tu es son père ; après Dieu, tu es encore le premier objet de son amour, tu la verras toujours disposée à répandre jusqu'à la dernière goutte de son sang, s'il le fallait, pour ton bonheur. Elle a trouvé le sien dans la religion du Christ, et chaque jour elle prie le Ciel de t'accorder la même grâce. »

Omar ne répliqua point : il paraissait plongé dans une profonde rêverie. En levant de nouveau les yeux, il vit Jérôme, son ancien médecin.

« Et toi aussi, tu es chrétien ? lui dit-il.

— Oui, répondit Jérôme. Frappé du touchant récit où Gondicar nous a donné la mesure de l'amour du chrétien, j'ai voulu m'assurer aussi de la vérité d'une religion que toi et moi nous détestions sans la connaître, et le Ciel a pris pitié de mon aveuglement.

— Où est Fatime ? demanda Omar, sans trop écouter ce que disait Jérôme.

— Je te l'amènerai, répondit Gondicar ; mais il faut me promettre de la recevoir comme ta fille bien-aimée.

— Oui, je te le promets. »

Sur-le-champ Gondicar alla chercher Marie.
« Marie, lui dit le chevalier, as-tu prié pour ton
père? as-tu bien envie de le voir?

— Hélas! répondit la jeune fille, Dieu sait combien il tarde à mon cœur de le voir; mais lui?... »
Et un torrent de larmes s'échappa de ses yeux.

« Ne pleure pas, Marie; Dieu qui a créé le cœur
de l'homme peut le changer facilement. Ton père
m'a promis de te recevoir avec tendresse.

— Tu lui as donc parlé? continua Marie en
essuyant ses larmes. Tu as donc osé t'exposer à sa
fureur?

— Dieu est tout-puissant: il peut changer le lion
en agneau.

— Mais ses amis, ses soldats?

— Il n'a plus d'autres amis que nous. Quant à ses
soldats, il les a perdus. Il est prisonnier dans le camp.»

Un cri de joie échappa à Marie. Elle se leva et
suivit Gondicar avec la dame qui l'avait prise sous
sa garde, et qui craignait pour elle les suites d'une
trop vive émotion de joie ou de douleur. Valembert
les rejoignit, et ils entrèrent ensemble dans la tente
d'Omar.

Marie n'eut pas sitôt reconnu son père, qu'elle
courut se jeter à ses pieds et embrasser ses genoux;
mais elle n'osa parler la première, ne sachant s'il
lui adresserait des paroles de bénédiction ou de
malédiction. Elle levait timidement vers son père
ses yeux mouillés de larmes, et où se peignaient la
crainte et l'amour qui remplissait son cœur.

Omar la regardait fixement : ses traits contractés exprimaient la plus violente douleur ; mais à travers ces sombres nuages perçait l'amour paternel, et Marie s'en aperçut.

« Fatime, dit Omar d'une voix tremblante, es-tu réellement chrétienne?

— Oui, mon père, répondit la jeune fille d'un ton ferme mais respectueux. Cependant je n'ai pas cessé d'être votre fille; je vous aime et vous suis toujours aussi dévouée.

— Dévouée! reprit Omar en l'interrompant : pourquoi donc désespérer ton père, en suivant une autre loi que lui, en renonçant à sa religion pour t'attacher à celle du Christ? Et c'est toi, ajouta-t-il. en se tournant vivement vers Gondicar, qui l'as rendue infidèle à la foi de son père?

— Mon père, dit Marie, vos reproches me désolent, et je ne crois pas les avoir mérités. Si Gondicar m'a baptisée, il n'a employé aucune violence. Il m'a baptisée parce que j'y ai consenti, ou plutôt parce qu'il avait plu au Dieu de miséricorde de m'en donner le désir; et ce désir s'est emparé de mon âme lorsque Gondicar était encore votre prisonnier. J'ai reconnu en lui le digne descendant de son aïeul Kérambar, dont il vous a raconté l'histoire. Il a souffert tous les tourments de la soif pour me réserver un peu d'eau, et ce secours m'a sauvé la vie. Sans lui, mon père, vous n'auriez plus de fille.

— C'est la vérité, » s'écria une voix qui venait du dehors. Cette voix était celle de Muchtali que

Gondicar avait fait déposer dans une tente voisine, et qui, contre la défense que lui avait faite le chevalier de se faire entendre ou de sortir, ne pouvait plus résister au besoin de rendre témoignage à la vérité.

Omar, stupéfait, pria Gondicar de faire entrer Muchtali; et lorsque l'esclave fut devant lui, il lui ordonna de dire tout ce qui s'était passé entre lui, Fatime et Gondicar. Muchtali répondit :

« Gondicar s'est montré comme il vous a toujours dit que devait être le disciple d'un Dieu mourant pour ses ennemis, plein de bonté et même de tendresse envers ceux qui le méritaient le moins. Il a aimé la fille de son ennemi jusqu'à se priver pour elle de la dernière ressource qui lui restât pour conserver sa vie. Il m'a aimé aussi, moi, qui ne cherchais qu'à lui faire du mal, et qui encore dernièrement, après avoir excité votre colère contre lui, voulais l'immoler à la vengeance d'un père que je croyais outragé. Quand, obligé d'employer son épée pour défendre Fatime, il m'eut abattu à ses pieds, au lieu de m'achever, il m'a rappelé à la vie; c'est à ses soins et à ceux de votre ancien médecin, qui lui aussi avait déjà appris à aimer en chrétien, que je dois mon existence; et j'en remercie le Ciel, parce qu'il m'a donné ainsi l'occasion de rendre témoignage aux vertus de Gondicar et à l'amour filial que Fatime, ou plutôt Marie, n'a jamais cessé d'avoir pour vous. »

Cette réponse ne satisfit pas Omar; il voulut

connaître en détail toute la suite des événements qui s'étaient passés depuis leur séparation à l'entrée du désert, jusqu'au moment de leur récente réunion; et Muchtali les lui raconta. Il avoua même sa tentative d'assassinat sur la personne de Jérôme, et Jérôme prit de là occasion de relever la puissance de la foi chrétienne, qui seule avait pu lui donner la paix du cœur, la tranquillité de l'esprit.

Un silence solennel suivit ces paroles de Jérôme; tous avaient les yeux fixés sur Omar, tous attendaient avec impatience le dénoûment de cette scène. Les regards de l'Arabe rencontrèrent de nouveau ceux de sa fille, qu'elle tenait toujours levés vers lui, palpitante de crainte et d'espérance. Son cœur paternel fut ému, et de grosses larmes parurent au bord de ses paupières.

« Mon père! s'écria Marie d'une voix tremblante.

— Ma fille! » répondit Omar avec un long soupir; et attirant Marie dans ses bras, il la pressa contre son cœur.

« Marie, tu m'as vaincu, reprit l'heureux père. » Il voulut continuer; les sanglots étouffèrent sa voix. Marie ne pouvait parler non plus; mais ses yeux, remplis de larmes, qu'elle portait tantôt sur son père, tantôt vers le ciel, exprimaient éloquemment et son amour filial, et sa reconnaissance envers le Dieu bon et puissant qui avait exaucé enfin les vœux les plus ardents de son cœur.

Omar courut ensuite se jeter au cou de Gondicar, aussi ému que lui-même.

« Gondicar, lui dit-il, je reconnais la puissance de la foi chrétienne, j'avoue qu'elle seule peut inspirer un amour comme le tien, car les forces de l'homme ne pourraient seules aller jusque-là. Digne descendant de ce généreux Kérambir dont tu nous as raconté l'histoire, tu nous as aimés en chrétien...

— La gloire en est due à Dieu, répondit le chevalier interrompant l'Arabe; l'homme n'est rien, Dieu est tout. »

Et Omar serrait affectueusement Gondicar dans ses bras. Il embrassa Jérôme et Valembert, et les remercia des soins qu'ils avaient donnés à sa fille et à son esclave; puis revenant à Marie :

« Ma fille, lui dit-il, prie le Ciel d'éclairer ton père, afin que lui aussi apprenne à aimer comme chrétien. La prière d'un cœur innocent a toujours été agréable au Seigneur.

— Prends cette croix, mon père, répondit la jeune fille en détachant celle que lui avait donnée Gondicar; ce n'est pas un vain et superstitieux talisman, c'est le signe du salut. Depuis que je l'ai portée, j'ai éprouvé la divine protection de Jésus crucifié; cette croix te servira de bouclier contre les coups des ennemis invisibles qui nous assiégent de toutes parts. »

Après cette chaleureuse et pressante invitation, elle suspendit la croix au cou de son père, et un cantique d'action de grâces termina cette belle journée.

Un mois ne s'était pas encore écoulé depuis ces derniers événements, lorsque Omar et Muchtali reçurent le baptême dans la ville de Ptolémaïs.

Gondicar, comme nous l'avons dit plus haut, ne pouvait plus prendre part à la guerre; il se consacra au soin des malades dans un ordre hospitalier.

Peu de temps après, Marie épousa un chevalier chrétien, neveu de Valembert; ils partagèrent avec les malheureux l'immense fortune qui leur fut léguée par Omar.

FIN

7716. — Tours, impr. Mame.

9 782019 203450